楊隆吉童話
山豬小隻

Fairy tales train

楊隆吉◆著

徐錦成◆主編　　楊隆吉◆插圖

童話列車
08

目 錄

目 錄

　　楊隆吉的童話是台灣小學環境中長出來令人喜悅非常的幽默，那幽默中充滿語言與觀念的遊戲；這部書的插畫使書的幽默穿上清新的春裝讓人微笑很久。

——毛毛蟲兒童哲學基金會董事長

楊茂秀

　　台灣的新童話，到了楊隆吉終於看到了具有台灣本土風格的幻想故事。

　　走進楊隆吉的童話世界，可以看到我們現代孩子的生活，現代孩子的幻想，因為楊隆吉從生活中萃取創作的元素，有濃濃的生活色彩，有濃濃的本土原生創作的特色。

——中華民國兒童學會理事長

陳木城

楊隆吉的創作，從諧擬、倒裝、用典的「語文趣味」出發，而後多元選材，又畫又寫，打破簡單、純真、有頭有尾的「線性創作模式」，穿走在真實與虛構、經典與顛覆間，插入多層次的豐富指涉，變化繁雜，時有「不知所終」的餘情餘味，可說是兼納兒童趣味和文學深度，累積出超越常人的創作量，不到十年，完成一百餘篇童話，活躍在各種媒體，只要看得到童話的地方，就看得到他越來越多樣化的邊界嘗試，這種執迷的熱情，可能算得上「台灣第一」。

——兒童文學專業機構黃秋芳創作坊負責人　黃秋芳

童話，是魅力獨具的文類。一個人兒時接觸到的童話，往往影響其一生。一個文明的童話，也往往反映出——甚至型塑了——這個文明的人民格。

童話一方面是活潑的，但同時也是溫和的。

活潑，因此我們可以從童話中看出一個文明的想像力與創造力。

溫和，因此童話界少有話題、少有論戰，以致文壇的聚光燈也難得打在童話身上。

童話的發展跟文學的發展息息相關。但從文壇的現狀看，詩、小說、散文是三大主流文類；戲劇作品不多，但也有其地位。至於童話，與前四者相較無疑最為寂寞。

文學界長期的忽略，使童話受到的肯定遠遠不及她本身的成就。

是該重新認識並重視童話的時候了！

童話，是呼喚童心的文學。不只屬於兒童，也屬於所有童心未泯或想尋回童心的成年人。而童心，在任何時代、任何社會都是最寶貴的。錯過童話，對喜歡文學的讀者來說是一大損失。

九歌出版公司自二〇〇三年開始推出「年度童話選」，獲得廣大迴響。如今又推出「童話列車」，在台灣兒童文學出版上更是史無前例的大事。以往的童話選集，不論依類型或依年代來編，都是集體作者的合集。而這次，我們以個人為基準，要為童話作家編出一部部足以彰顯其成就的代表作。

在作家的選擇上，所有資深的前輩作家以及活

力旺盛的中生代作家，只要作品具有一定的質量，都是我們希望合作的對象。而作家的來源也不限於台灣。我們放眼華文世界，希望能為各地的優秀華文童話家出版選集。

　　在篇目的選擇上，則由編者與作者深入溝通，務必使所收錄的作品能確實具有代表性、能充分展現作者的風格。每本書末皆有一篇賞析專文，用意在提醒讀者留意該作家的童話特色。

　　我們希望透過這一系列精選集，向優異而豐富的華文童話家致敬。更期望大小讀者能透過他們的作品，品味到文學的童心。

Fairy Tales

自序
水箱皇后說……

全世界的水箱皇后總是守候在馬桶國王的身後，不定時的為國王響起充沛的歡呼：「嘩……嘩……咕嚕嚕嚕！」

五年前，我訪問馬桶國王的時候 (詳細內容請看《愛的穀粒》)，順道也訪問了水箱皇后：「跟在馬桶國王身邊的這些日子裡，有沒有哪一件事，是妳覺得最快樂的？」

「嘩……嘩……咕嚕嚕嚕！」

我不懂那是不是水箱皇后給我的回答，只是覺得有點尷尬。

當天深夜，我被水箱皇后搖醒，她頂著滿頭的水，小小聲的告訴我：「其實……，在

我心裡，我並沒有特別快樂的事。」

　　我有點訝異：「怎麼……怎麼……怎麼會……」

　　「因……因為……，我的心裡只有水。」

　　「妳真愛開玩笑，說真的啦！」我輕推了水箱皇后一下，她的大頭一晃，濺出了一些水。

　　「欸……，這個嘛……」水箱皇后欲言又止，接著說：「如果你真的願意聽，那麼，我就告訴你。」當時，她的聲音，像溪水一樣涼涼的。

　　「嗯！我願意聽妳說。」

　　從那夜起，我時常聽水箱皇后講話，然後，看著她一天天的快樂起來……

　　水箱皇后講的，有些是她自己的，有些是馬桶國王告訴她的。有一天，我問她：「如果我哪一天想寫故事，可不可以把妳講的寫到故事裡？」

　　「好啊！沒問題！可是，你寫的故事最好是給聰明的小朋友看……，」水箱皇后語氣開朗，再補充：「嗯……，乖的小朋友也可以看。」

「好啊！沒問題！」我一口答應水箱皇后。

　　於是，我從〈山豬小隻〉開始，一篇一篇的寫了起來，直到一整本《山豬小隻》的故事都寫齊了才停下來。

　　此外，愛畫圖的我也為《山豬小隻》畫了很多幅插畫，《山豬小隻》可是我第一本有彩色插圖的童話集呢！（上次的那本是單色的插圖）。

　　說到這裡，或許有聰明的小朋友會想問：「為什麼要寫山豬小隻，而不是三隻小豬呢？」

　　這個問題，水箱皇后也曾問過我，我跟她說明：「山豬小隻和普通的食用肉豬絕對不同，一隻山豬，牠的力氣與勇氣，足足抵得過三隻肉肉的、只會齁齁叫的小豬，所以，要寫，當然就要寫山豬嘍！」

　　因此，想要推薦給朋友看的聰明小朋友請注意，請認明，書本封面上，有一對堅硬漂亮的山豬牙的強壯山豬，才是道道地地、結結實實的《山豬小隻》，其他像是《山隻小豬》、《小隻豬山》、

《小山隻豬》……，通通都不是！

　　《山豬小隻》寫完之後的第二個星期，水箱皇后跟我講完話的某一天夜裡，我將整本《山豬小隻》裡的十六篇故事，一口氣試讀給她聽，她聽得很專心，彷彿黃昏的河畔旁，一株只願意為波光而搖曳的金柳樹，故事輕快，她投映出一抹微亮的彩虹，舞著多彩的節拍，故事多雲，她下起毛毛雨，側身成水草的婉轉……

　　我永遠記得，水箱皇后聽完故事之後的神情，那神情讓我不禁對她說：「謝謝妳。」如果故事能遇得上知音讀者，那應是天底下最幸福的故事了！

　　除了水箱皇后，我也感謝生活中所有曾經與我互動的人事物，如果《山豬小隻》有朝一日會發光，有一半以上是源自於與他們相處的能量。再想感謝的是《毛毛蟲月刊》(一個讓我定期說故事的實驗室)及其他發表園地。

　　「還有，也要感謝九歌出版社，讓這些故事能集合在《山豬小隻》裡面，與更多的小朋友見

面。」水箱皇后冒出一句話。

　　「嗯！我想講的，被妳先說出來了……」我搭著她的肩，笑著說。

　　「我希望會有很多很多很多小朋友能讀得到《山豬小隻》！」

　　「謝謝妳的希望！」期待的心情，隨時像一對隨時可以迎向藍天的翅膀，我再次確認：「那麼，妳覺得，《山豬小隻》好看嗎？」

　　水箱皇后與我對望了一下下，然後說：「嘩……嘩……咕嘍嘍嘍！」

天寬地闊‧天長地久……楊隆吉

寫於一個正想開始學二胡的時節

Part.01

山豬小隼

Fairy Tales

豬頭、豬腦、豬心、豬肝⋯⋯豬腳、豬尾巴！大概清點了一下，一隻山豬該有的，小隻幾乎都有了，可是，山豬小隻的眉頭還是皺得像豬肚臍一樣，開朗不起來。

　　只有小隻自己，才可以深刻體會到「睡醒之後，發現自己最美的山豬牙突然消失」的那種慌張！

　　大清早醒來，摸摸嘴巴，察覺自己少了一支牙的小隻，牙也沒刷，臉也沒洗，一翻身就急著開始找自己的牙，她以自己靠著睡覺的松樹為圓心，以逆時針的方向往外繞圈，一小步一小步的走，小隻黑豆般的眼睛睜得發亮，眼神有如餓了半年的老虎，一寸寸搜尋著土地上任何和牙齒有關的顏色⋯⋯

　　「哈！哈！哈！哈⋯⋯」一隻烏鴉練著氣功飛過小隻的上方，彷彿是一聲聲對她的嘲笑：「呵呵！缺牙的山豬。」

　　焦急的小隻更加氣惱了！可是，她不敢抬頭看烏鴉，她擔心，如果一抬頭，烏鴉就更看清楚她缺牙的窘樣！

　　「你在找牙齒嗎？」一息聽起來脆脆的聲音，由草叢的方向飄進了小隻的耳裡。

　　「誰？你是誰？」小隻以為，說話的知道她牙齒的下

落。

「要找牙齒先找我，我是找牙專家——滿地。」

說話的仍像是披了隱形衣似的，讓瞪大了眼睛的小隻只聽得見，卻看不到，小隻張大耳朵轉向聲音發生的方位，努力的找尋：「滿地？你在哪裡？你是什麼啊？」

「我是瓜子，就在妳眼前啊！妳沒看到嗎？」滿地用難以置信的語調回答。

「喔！看到你了。」小隻終於發現滿地——一個裂開了一點點的瓜子，與其他細碎的小石子混在土裡，就在小隻鼻子的正前方。小隻問道：「瞧你這麼一個小瓜子，怎麼幫我找牙？」

滿地兩片裂開的瓜子殼開開合合，像一張沒有牙齒的嘴，一字一字的回答：「別小看我，找到牙齒的時候，妳才會知道我的厲害。滿地開花二十一、滿地開花二十一、滿地開花二十一……」沒多久，在滿地的呼喚下，小隻的身旁，迅速的長出許多株向日葵，向日葵圍繞著的中間，出現了一張粉紅色的橡皮床。

「要找牙齒，快上『牙床』！」滿地催促著小隻。

看著牙床，急著要找回牙齒的小隻，「嘓！」的猛吸

一口氣，毫不遲疑的往牙床縱身一跳，穿過向日葵，跳進牙床……「啵！」

　　小隻跳進軟噗噗、暖呼呼的牙床之後，接著，她看見床邊一朵朵的向日葵，緩慢的轉動起來，盛開的每一朵向日葵一邊轉，一邊飄散出金黃色的螢光，越來越亮、越來越亮……

　　轉眼間，白花花的陽光映滿小隻的眼簾，她感到全身像是被棉花不緊不鬆的包裹著，一陣暖暖的風吹來，小隻抬頭看見比平常還要藍的藍天，一群雁子從她的頭頂飛過。

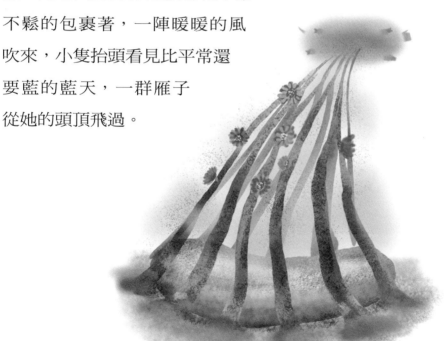

「哈啾！」雁子的氣味讓小隻忍不住打個噴嚏，她心想：「莫非……我在天上？」

　　「正是，我們就在天上！」一隻顏色和藍天非常近似的青色大狗，輕巧的踏著雲朵，朝小隻走來：「小隻，是滿地幫你傳上來找牙的吧？」

　　「請問您是……」按捺著第一次處在天空的緊張，小隻恭敬的問道。

　　「我是掌管雲鄉的白雲蒼狗、太陽公公阿鑼伯的部下、向日葵花精的弟弟，也就是滿地的叔叔。」白雲蒼狗回答，正說著，白雲蒼狗的身形從一隻哈巴狗的樣子，變成了狐狸狗。

　　小隻的腦筋不是很好，一時聽不懂白雲蒼狗的一長串自我介紹，只有囁嚅的說：「您……您好，白雲蒼狗。」

　　「跟我來！看妳的牙去！」白雲蒼狗頭一偏，示意著另一個方向。

　　隨著白雲蒼狗的招呼，小隻飄浮起來，成為一團長著山豬頭的雲，跟在白雲蒼狗的身後。

　　途中，小隻看著天空下，原本她住的醬料半島，像一隻小小的綠鞋子，躺在閃著海水波光的藍色地毯上。她還

發覺，身旁飛過的雲，有著不同程度的白，有的雲飛得快，有的雲飛得較慢，更重要的是，當一朵雲，怎麼飛都不會腳痠，小隻陶醉的飛著。

「到啦！」過沒多久，變幻成臘腸狗身形的白雲蒼狗，在一大片白雲之前停下腳步，告訴小隻：「上牙長地上，下牙種雲鄉！這裡，是雲鄉裡的『牙田』，種的全是哺乳動物的下排牙齒，妳自己找找看，看妳的牙齒種在哪裡？」

放眼看去，操場大小的牙田裡，各式形狀、各種大小的牙齒，有如浮標一般，在隨風起伏的雲上，露出白色的上半部，有蝙蝠牙、鯨魚牙、袋鼠牙……

「在那裡！我找到我的牙齒了！」小隻眼尖，一下子就看到右方的牙田裡，有一支微微彎曲的牙齒，她興奮的問白雲蒼狗：「我可以拿回我的牙齒嗎？」

「不行，種在牙田裡的牙齒，都是長大的記號，沒有任何動物能夠從這裡拿回自己的乳牙！」白雲蒼狗語氣堅定的說明，同時，身形再從臘腸狗變成狼狗。

聽到白雲蒼狗的回答，小隻感覺到一陣不小心掉進陷阱裡的痛，像鞭子一樣抽打在心頭，她在心裡叫喊：「啊

……我美麗的牙齒！」

傷心的眼淚，緩緩的充滿小隻的眼眶，然後……滑下臉頰！

「哦！喔！妳的時間快到了！」看到流淚的小隻，白雲蒼狗提醒她：「來雲鄉的牙田找牙，是不能流淚的！一流淚，就得立刻回到妳當初來的地方，我話說完，妳還剩十秒。」說完，白雲蒼狗從狼狗的身形變成全身滑溜的海狗。

聽到白雲蒼狗這麼一說，飄浮著的小隻，迅速收拾傷心的心情，停止流淚，有點懊惱的想：「難得到天上來，天上竟有著如此一處雲鄉，我還沒瞧夠呢！」

「不是每隻動物都可以上雲鄉來，妳該知足了！」白雲蒼狗似乎聽到小隻的心聲，安慰她：「春天走了，有再來的時候，牙齒掉了，有再長的時候。妳想要美麗，就得珍惜再度長出來的牙齒……」白雲蒼狗說著說著，聲音越來越小，四周的光線越來越亮，越來越刺眼，小隻瞇起眼睛，看不清白雲蒼狗從海狗又變成哪一種狗……

等到光線再度變弱，小隻回到醬料半島的山上──她原來遇見滿地的地方。她看看周圍，沒看見牙田，牙床和

圍繞在床邊的向日葵也消失了，只有嘴巴半開的滿地，還待在眼前。

「找到了嗎？」滿地自信滿滿的問小隻。

「是有看到，可是卻不能拿回來，你說，這算找到嗎？」小隻說得有氣無力，有點失望。

「有些東西，找到了，知道它在那裡，就將它留在那裡，不一定是不好！」滿地為愛美的小隻打氣，繼續說道：「況且，只有在睡夢中脫落的乳牙，才會被白雲蒼狗收集到牙田種植。也因為妳在睡夢中掉了牙齒，才有機會被我找上、『搭』我的牙床上雲鄉參觀！這可不是每隻動物都有的機會呢！」

「你……」沒辦法帶回牙齒的小隻雖然失望，倒也接受了滿地的解釋，心情變得好一些，一時不知該說什麼。小隻想起白雲蒼狗在她離開雲鄉前，叮嚀她的最後一句話：「春天走了，有再來的時候，牙齒掉了，有再長的時候……」她看著滿地，點點頭，表示同意。

「好啦！既然我已經幫妳『找』到牙齒，也該是我離開的時候了。還有很多在睡夢中掉牙的朋友，正等著我去幫他們找牙呢！」滿地一邊說著，身子一邊鑽進土堆裡。

★ 山豬小隻 ★

26

「滿地，謝謝你幫我找到牙齒，我不會再難過了……，再見！」小隻感激的說。

「再見。」滿地的聲音從土堆裡細細的傳出來。

一個月後，小隻另一邊的犬齒也掉了，只是，掉的時間是早晨，在挖樹根、找蚯蚓吃的時候掉的。

半年後，小隻掉牙的地方，雙雙長出了牙齒。她高興極了，為了能讓新的牙齒長得更美，小隻天天運動、注意飲食均衡、早睡早起……

六年後，小隻身上黃棕色的縱斑褪了，長大成為一隻亭亭玉立的大山豬，當然，她最在意的兩支犬齒早已長齊，由於她每天勤加保養，不但沒有蛀牙，而且還潔白如玉！

西元二千零七年，小隻報名參加每十年舉辦一次的「醬料半島動物選美比賽」，她以一雙對稱而略帶著優雅弧度的獠牙，第一次參賽，就一路過關斬將，將其他參賽的動物對手一一比下去，順暢的榮獲第一名。

當頒獎的音樂壯盛的開始演奏，小隻從主辦人阿吉的手中，接下向日葵形的金色冠軍獎盃，她望向遠遠的藍天、白白的雲朵，想起了滿地與白雲蒼狗，因為他們，她

才更加珍惜照料嘴裡那對「為她贏得最高榮譽」的山豬牙，小隻激動的在心裡大喊：「滿地、白雲蒼狗！謝謝你們！我把我的『春天』留下來了！」

——原載 2007 年 3 月 3 ～ 4 日《國語日報》

★ 童話列車‧楊隆吉童話 ★

Part.02

黃小白到蘋果星

黃小白很頑皮，不知道蒜頭絕對不可以接近鉛筆，還有「長得像鉛筆那麼直」的東西。

　　有一天，放學後，黃小白先回家，家裡只有她自己，她一個人突然想到廚房探險，結果，無意中發現一小盒蒜頭，將它們帶到自己的書房玩起來。

　　一個不小心，她吹了一口氣讓蒜頭亮了起來，再一個不小心，她又將發光的蒜頭接近鉛筆，結果……

　　「咻！」的一聲，鉛筆像一支衝天炮一樣，衝破紗窗，往天空飛去，消失在遠方！

　　頑皮的黃小白無意間發現蒜頭有如此妙用，她找出更多筆直的東西，一樣一樣的讓它們往天空飛去！

　　「咻！」「咻！」「咻！」「咻！」「咻！」「咻！」「咻！」「咻！」「咻！」從窗戶飛出去的有媽媽的口紅、爸爸的毛筆、祖母的拖把、爺爺的枴杖、弟弟的筷子、哥哥書房的日光燈管、外婆的桿麵棍、外公的體溫計、姐姐的洋傘、小妹的嬰兒湯匙……

後來，爸媽回到家，發現家裡少了好多東西，同時也看到黃小白的書房窗戶破得不像樣，十分的生氣，尤其是媽媽！

　　結果，媽媽從口袋裡拿出一個綠色橡皮擦，對著黃小白長長的辮子碰了一下：「小白，妳做了太多不應該的事了，媽媽要送妳到蘋果星反省五十年，才能再回來，去！」

　　「咻！」黃小白也從窗戶飛到天上去了！連「不要，我下次不敢了」都來不及說。

　　黃小白的爸爸有點捨不得媽媽這樣做，不過，他還是喃喃的說：「唉！這樣也好，給她一個經驗，免得她長大以後，使用魔法更不節制！」

——原載 2005 年 7 月 1 日《大甲時報》

Part.03

兜兜林的基因夢

一、紀念品

兜兜林位於科學村南方，聽說在很久很久以前，森林裡住滿了只會「兜鳴……兜鳴……」叫的兜兜鳥，後來因為一次不明原因，整個森林的鳥集體消失，科學村的人們於是管這座森林叫「兜兜林」。

每年農曆正月初一的晚上，是兜兜林和科學村的老鼠代表約定開年會的時間。年會結束之後，代表兜兜林的兩隻田鼠毛利和茉莉正連夜走在回家的路上。毛利和茉莉的肩上各背著一個雞蛋大小的布包，裡頭裝著的，是會長阿傑在散會後，發給每位代表的紀念品，今年的紀念品是豆花樹種子。

眼看兜兜林就快到了，於是兩隻田鼠就在路邊找塊石頭坐下來歇歇腳。

「哦……好累喔！休息一下吧？」茉莉喘噓噓的說。

毛利回答：「好哇！反正兜兜林也快到了！」他擦擦臉上的汗，並找找看路邊有什麼可以坐下來休息的大石頭。

「哎！要不是每年開會會送一些紀念品，不然，我才懶得走這段路呢！」茉莉放下布包，又是揉腿又是搥肩，

懶洋洋的說。

　　「茉莉，妳就少抱怨啦！這麼多年來，我們倆可都是兜兜林的代表，有點榮譽感好不好？」毛利為茉莉打氣的說：「其實也就是有老鼠年會，我們和科學村才能互通一點消息，既然是鄰居，定期有個聯絡也是應該的。」

　　「我也不是那麼討厭當兜兜林的代表，只是走這段長路，又背這包叫什麼豆花種子的，有點累就是了。」茉莉說。

　　「聽阿傑說，種子裡有科學家剛剛改造成功的基因，想必是滿特別的！」毛利說：「開會就是有這好處，我們總能知道一些先進的消息……」

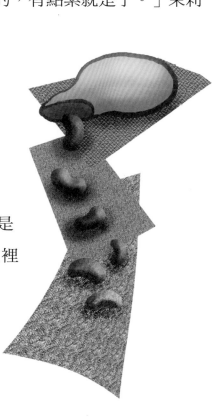

　　阿傑是老鼠年會的會長，是一隻平常都待在科學村實驗室裡的白老鼠，天天和人類相處，所以常常知道一些人類的研究成果。今年，科學家們發明出一種「豆花樹種

子」，於是，阿傑就潛入實驗室的儲藏櫃裡，帶了一些種子出來，發給來開老鼠年會的代表們當作紀念品。

「基因？我也是第一次聽過，不過現在還是不太了解，為什麼人類要改造什麼基因？」茉莉疑惑的說。

「阿傑不是說，要明白『基因』，還要靠一點想像力嗎？開會的時候，他把基因比喻為糖的說明，我倒是能了解一點點……」毛利似乎比茉莉多懂一些，繼續解釋：「糖溶解在一杯水裡成為糖水，雖然妳看不到它，可是糖水不論加熱、變冷，甚至是再加入一些水，喝起來都是甜的。人類改造基因，大概就是類似想改造糖水裡的糖，控制它，使它變成他們想要的甜味吧……」

「可是，在種子裡改造基因，難道是種子裡有糖嗎？」茉莉反問。

毛利有點被茉莉的問題搞混了：「妳妳……糖裡的種子……哎呀！反正……反正就是那樣啦！豆花種子有什麼特別的，種了以後，不就知道了嗎？」

兩隻田鼠你一言我一語的討論著豆花樹種子，毛利還從布包裡拿出幾顆，放在手心感覺一下，每顆大小和黃豆差不多，摸起來有些粗糙，其餘的，因為當時沒有月光，

他和茉莉也瞧不出什麼名堂。

毛利和茉莉聊天休息了好一陣子，體力和精神恢復一些，於是，背起布包再上路。他們為兜兜林帶回來的，除了科學村動物夥伴一年來的近況，其次就是布包裡的豆花樹種子，一袋子的猜想背在肩上，心裡的期待讓腳步不知不覺的輕快起來。

「加油！兜兜林就快到了！」毛利邊走邊說著。

「我希望我們在天亮以前能夠走得到……」茉莉回答。

二、豆花樹

「嘿……毛利！茉莉！是你們嗎？」才剛走近兜兜林，馬上就傳出迎接的招呼聲。眼尖的猴子奇奇站在高高的樹上，老遠就看到草叢裡兩個漸漸走近的身影，那時，太陽已升上山頭。

「呼…終於到了。」茉莉喘了幾口氣。

「是啊！瞧！樹上叫我們的，不就是猴子奇奇？」毛利說。

猴子奇奇才在樹上喊完，他敏捷的爬下樹來，衝到毛

利和茉莉前面：「辛苦你們了，我整晚睡不著，都在等你們回來呢！」

奇奇天生熱心，運動細胞好、速度快，什麼忙都想幫，兜兜林裡的動物沒有不喜歡他的。

毛利看奇奇精神奕奕的樣子，於是顧不得自己走一整晚夜路的疲倦，很快的把在年會聽到的消息告訴奇奇，請他通知其他兜兜林的動物們。

接著，毛利和茉莉趕忙拿出布包裡的豆花樹種子，他們好想知道豆花樹種子到底長什麼樣子？

拿出來的那些豆花樹種子，在陽光的照射下，看起來像是半透明的果凍，可是，捏一捏它，卻又硬硬的，奇奇疑惑的說：「這是種子嗎？」

「這的確是種子沒錯，是會長阿傑親口說的。」茉莉對奇奇說。

毛利補充：「對啊！這種子聽說是人類用基因改造的，我們快種種看，不就可以知道了！奇奇，幫個忙吧？」

奇奇其實也是滿好奇的，二話不說就答應毛利，兩個小袋子裡的種子也沒幾個，他找了兜兜林裡的一小塊空

地，不到幾分鐘的光景，就把種子全都種到土裡。

　　經由奇奇和毛利他們的宣傳，兜兜林裡的動物們很快就知道豆花樹種子這回事，大家都等著看這些從沒聽過的種子，即將長出什麼樣子？

　　經過了一兩個星期，種子一點動靜也沒有。

　　直到有一天早晨，大家被一陣陣奇特的香味，給緩緩的撓醒了……

　　那香味有多奇特？它讓每隻醒來的動物都用力的搧動著鼻子嗅著，像是深怕漏掉其中一種味道似的。

　　原來，在那陣陣香味裡，有好幾種味道輪流出現，例如：巧克力味、香草味、百香果味、烏梅味……，他們邊聞邊找，想找出氣味究竟是從什麼地方飄出來的？香味讓他們邊找邊流口水，每隻動物都像是一條魚，沿著一條隱形的香氣河前進，不約而同的往種著豆花樹種子的那塊土地移動。

　　「嘎嘎嘎嘎！這……這是豆花樹嗎？」烏鴉阿墨首先找到香味的來源，他飛停在一棵白蠟樹上，驚訝的看著兜兜林以前從未出現過的樹……

　　那簡直是「花樹」！因為，根本看不到任何的葉子！

樹上結滿一顆顆的「水餃」，啊！不不，應該是說，開滿一朵朵像水餃一樣的花，暗紅色的樹幹大約有香蕉那麼粗，筆直的往上長，大約長到一個大人的高度，然後每株樹幹開始相互糾結，從旁邊看過去，好像很多條纏在一起的水管，水餃形狀的花，一朵一朵的開在糾纏的樹幹縫隙中，咖啡色、桃紅色、橘子色……，每朵花的顏色各不相同，微風吹過來，帶出了每朵花的香味……

「原來這是豆花樹啊？可是前天我來看的時候，土地上一點東西也沒有耶？真是神奇！」毛利不久也趕來了。

「也許是基因在種子內快速作用也不一定？這可是人類的發明啊……」茉莉跟在毛利身旁猜想。

豆花樹周圍，漸漸圍來許多動物，狐狸、黑熊、松鼠……等等，大夥兒指指點點、七嘴八舌的談著。

過了一陣子，奇奇問了一個實際的問題：「這麼香，那又為什麼叫豆花樹啊？不知道是不是真的能吃，我來試試看。」邊說著，他跳上豆花樹，摘了一朵桃紅色的水餃花下來，聞了一下，一口就放進嘴裡……

「哇！吃起來真像豆花！是我最喜歡的草莓口味……」奇奇眉飛色舞的說。

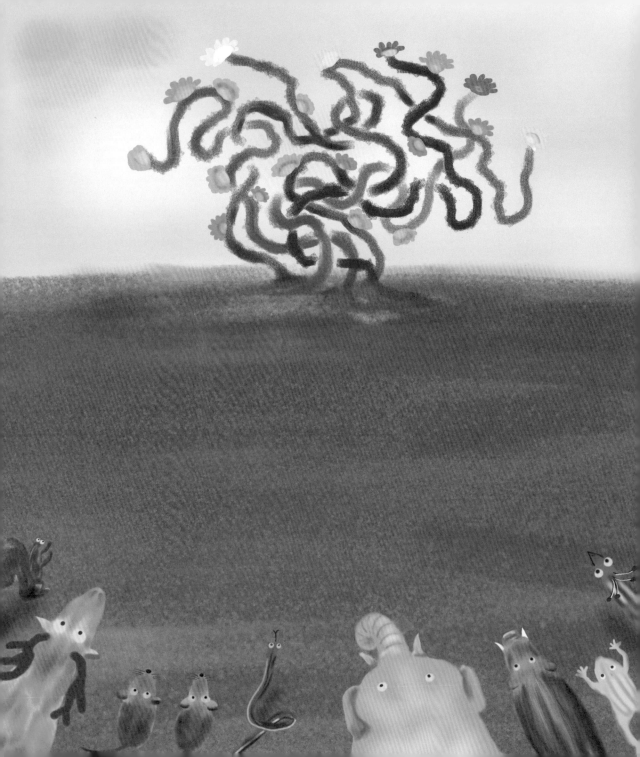

其他動物看奇奇的反應，陸陸續續的靠近豆花樹，摘選自己喜歡的顏色的水餃花來品嚐。有的說，吃起來香滑可口，有的說，嚐起來好甜，甜到差點連舌頭都吞下去了……，兜兜林一時間好熱鬧，很多動物一連吃了好幾個水餃花。

毛利和茉莉邊吃邊聊：「沒想到阿傑送我們的豆花樹這麼美味，科學村的人類真有兩下子，竟能改良出這麼有勁的食物來！」「明年，我們得好好謝謝阿傑。」「應該的，應該的！」「不知下次年會又會送什麼新鮮的紀念品？真有點期待……」

三、三色玉米

從豆花樹盛開的那天起，兜兜林的動物每天都有香甜美味的豆花可以享用，而且，更令他們大開眼界的，是豆花樹驚人的再生能力，才被大夥兒吃得幾乎一花不剩的豆花樹，隔天一早，五顏六色的水餃花，又長滿了枝椏。

因為豆花樹的關係，毛利和茉莉時常受到動物夥伴們的道謝，每次，毛利或茉莉總是謙虛的推辭說，那是人類改造基因的成果，他們只是替兜兜林跑跑腿而已。

實際上，大夥兒享受豆花樹的好日子並沒有持續多久。大約到了四月中旬，兜兜林的梅雨季節開始，下了過年後的第一場雨，結果豆花樹淋雨後，每棵都像海邊被潮水沖垮了的沙堡，就地變成一灘爛糊糊的「樹漿」，各色的水餃花溶化混合在土壤裡，香味都消失了。

　　動物們在大雨過後發現豆花樹這樣的慘況，每個都彷彿從美夢中驚醒似的，想起下雨前還能無限量供應的豆花樹，沒有不嘆息的。

　　不久，土壤吸收了所有的樹漿，地表看起來好像什麼事都沒發生過。

　　「唉！真像一場夢啊！」毛利說道。

　　「原來豆花樹也有它脆弱的一面……」茉莉也有些感嘆。

　　失去豆花樹以後，大夥兒只有在懷念中等待下一年的到來，看毛利和茉莉過年到科學村去，期望他們會再帶回什麼新東西……

　　一年過了，毛利和茉莉再次代表兜兜林去開老鼠年會。正月初二的清晨，除了猴子奇奇，還有一群動物夥伴們都起個大早，等著迎接毛利和茉莉回來，他們迫不急待

的想知道這次帶來什麼好吃的東西？

「他們回來了！」烏鴉阿墨飛得高、看得更遠，見著了毛利他們就飛迎而去。

阿墨看見毛利和茉莉一前一後，扛著一支玉米。

「嗨！茉莉、毛利，辛苦了！大家都在林子口等你們呢！」阿墨說。

毛利抬頭回答：「真的嗎？大家都起這麼早……」

「還好，這次送的東西也是改造過的，所以也沒想像的那麼重。」茉莉回答阿墨。

「是一支玉米耶！」阿墨盤旋在他們的上頭說。

「它可不是普通的玉米喔……」毛利神祕的透露，等會兒到兜兜林再向大家說明。

到了兜兜林，毛利和茉莉受到大夥兒熱烈的歡迎，緊接著，他們倆在眾多夥伴們的圍觀下，像演講似的站在放下來的玉米前面，為大家介紹這次年會贈送的紀念品。

「會長阿傑說，上次的豆花樹，原本是人類發明出來要種在屋子裡的點心樹，並沒有『防雨』的設計，也難怪上次一遇到下雨天，整棵樹就溶化了……」毛利為大家說明上一年豆花樹的「死因」。

　　「今年，年會送我們的，也是另一種經過基因改造的玉米。」茉莉接著介紹：「阿傑說，這是科學村的人類最近新發明的健康植物，目前還在實驗階段，數量並不是很多。」

　　那支玉米的長度大小，和一般玉米沒什麼兩樣，特別的是在於玉米粒的顏色，共有三色，綠色、紅色、藍色，一粒粒分明而鮮豔的排列。

　　「聽說，綠色吃了會變得更聰明，紅色吃了會更美麗，吃了藍色則會變得更強壯……」毛利說明三色玉米的「特效」。

　　在旁的動物個個聽得睜大眼睛，有些開始交頭接耳，因為每隻動物都有不同的期望，都想要變得比現在更好！

　　「可是玉米粒的數目不太夠，所以各位夥伴請自己考慮清楚，每位只能選一種顏色。」茉莉叮嚀大家。

　　茉莉說明完後，大家向毛利和茉莉道謝，接著就一一前來選拔自己想要的玉米粒。

到最後，玉米粒還是不夠，現場的動物還有兩個沒有拿到──毛利和茉莉。

「那我們三個平分好了？」奇奇拔下最後一顆綠色玉米粒，轉身對毛利和茉莉說。

「好啊！好啊！」毛利茉莉都點頭同意，能變得更聰明也不錯！

分完玉米粒，有的動物當場就吃了，有的則是帶回家和兄弟姐妹一起分享，因為上次對豆花樹的新奇體驗，這次他們對於玉米粒的功效，也充滿著期待……

四、超級特效

兜兜林凡是吃了玉米粒的動物，玉米粒放到嘴裡都特別珍惜的嚼了至少一百下以上（因為只有一粒的緣故），才專心的、慢慢的吞到肚子裡，他們都希望能好好吸收玉米的營養，發揮應有的效果。

人類改造的玉米真不是蓋的！沒一兩天，兜兜林四處就開始傳出吃下玉米粒的「超級效果」……

吃綠色玉米的幾則消息是這樣的：青蛙呱呱的兩個學數學的孩子，原本背誦九九乘法表很不靈光，背完就忘

記，後來吃了玉米，腦筋突然貫通，過目不忘，可是嘴巴卻不自主的唸個不停，從「一一得一」背到「九九八十一」，反反覆覆的背，除了吃飯、漱口和睡覺，兩個孩子一直背一直背，呱呱全家耳根子沒有一秒是清靜的；喜歡思考的灰兔阿羅，吃完玉米卻反而產生幻覺，常常看到哲學家維鯨斯坦來找他聊天；吃了玉米的狐狸阿歡一見到朋友就想數人家的頭髮，和他碰面的動物夥伴都覺得很煩……

接著是幾個吃紅色玉米的消息：孔雀阿彩吃了玉米後，漂亮的彩虹羽毛便開始發出淡淡的黃色螢光，看起來好夢幻！可是持續三天就暗淡下來，嚴重的是，全身羽毛的顏色竟然隨著螢光消失褪成灰色，令他自卑得不敢出門散步；山豬阿嬌原本希望皮膚能變得細嫩一點，結果吃了以後皮膚果然光滑許多，可是她得意的一對尖牙卻無緣無故的掉一支下來，看起來像一隻滑稽的乳豬；也想變美麗的烏鴉阿墨吃完玉米後，每兩天就掉一根羽毛，如果照這樣下去，他很怕自己以後就無法再飛行了……

再來看看幾個吃藍色玉米的「症狀」：松鼠強強吃下玉米的隔天早上，發現自己竟然一夜之間長大許多，結果

就卡在自己的樹洞裡出不來；黑熊阿將吃下玉米後，感到肌肉越來越僵硬，無論是舉手、走路都好吃力，好像全身被綁上結結實實的麻繩，痛苦的連哀叫的力氣都沒了；吃下玉米的長頸鹿班班，脖子突然腫脹為平常的兩倍粗，重得令他抬不起頭來，只能垂頭吃地上的青草……

兜兜林的動物都吃了玉米卻得不到預期的效果，奇奇、毛利和茉莉吃的玉米粒最少，所以只是覺得頭有一點點昏昏的。一早起床，他們三個就到各處走動，探視、問候其他的動物夥伴……

「我覺得真對不起大家，害得他們像是感染了可怕的怪病。」茉莉難過的說。

「可是阿傑現在都在人類的實驗室，要問他也得等到明年，該怎麼辦？」毛利說。

奇奇勉強的打起精神：「事情緊急，我想我們得去請教飛慧前輩，看他有什麼解救的好辦法？」

飛慧是一隻很有智慧的貓頭鷹，他幾乎「不食林間煙火」，住在兜兜林裡最高的櫟樹上。

奇奇說完馬上出發，找到那棵櫟樹，爬上樹，拜訪飛慧。

飛慧靜靜的聽完奇奇對「三色玉米事件」的報告，閉著眼睛沉思了一會兒，然後，他指點奇奇去找住在琵琶湖的藥王紫斑蝶幫忙，應該會有解藥！

琵琶湖？就在兜兜林的東方，奇奇朝著日出的方向，一直走、一直走去……

五、藥王紫斑蝶

奇奇往東一直走，漸漸的，沿路可見翩翩飛舞的紫色蝴蝶，他知道琵琶湖近了。於是再走，紫色蝴蝶越來越多，中午，他走到湖邊，湖邊每棵樹上，停掛了滿樹的蝴蝶，還有更多的蝴蝶在他身邊飛繞……

琵琶湖到了！可是，藥王紫斑蝶是誰？奇奇突然想起，他忘了問飛慧藥王紫斑蝶的長相？後來，他靈機一動，索性就朝四周大喊三聲：「請問藥王紫斑蝶在嗎？」

「呼」的一聲！一下子竟有上百隻紫蝶飛撲、停到奇奇身上，嚇得奇奇愣在原地，沒敢動一下！

「你找我們做什麼？」奇奇聽到好幾聲同樣的問話，他恍然明白，原來每一隻都是藥王紫斑蝶啊！

奇奇趕緊自我介紹、說明來意，請求藥王紫斑蝶能救

救兜兜林的夥伴們。好心的紫斑蝶很同情兜兜林這起類似「食物中毒」的事件，立刻集合三十隻自願幫忙的紫斑蝶，跟隨著奇奇，趕回兜兜林……

太陽剛下山沒多久，奇奇領著紫斑蝶回到兜兜林，和毛利、茉莉會合，他們還正忙著照顧其它動物呢！

奇奇請來了藥王紫斑蝶，心裡彷彿達成了一半的任務，他對毛利說：「我們真幸運，有這些紫斑蝶願意來幫忙我們『治病』！明天一早，相信大家就能『脫離苦海』了。」因為需要陽光協助照清楚每位生病的夥伴，所以他們得再等待一個晚上。

那晚，毛利請三十隻紫斑蝶享用三大顆甜鳳梨，他知道蝴蝶都喜歡吸甜甜的蜜汁。

紫斑蝶、毛利、茉莉和奇奇圍坐在上次種豆花樹的那塊空地上，聊著兜兜林最近兩年，老鼠年會的紀念品所帶來的奇事……

「我們的祖先——樺斑蝶，以前也曾遇過類似的中毒事件……」一隻紫斑蝶回憶說。

另一隻接著說：「聽說是不小心吃到人類實驗的基因玉米的花粉，結果造成嚴重的拉肚子，休息了大半年才康

復……」

「本來，我還以為人類發明的東西都是神奇的，就像上次的豆花樹！」奇奇說。

「也許吧！可是像這次的三色玉米就不太妙！搞得兜兜林像是中了惡作劇的魔一樣……」茉莉說。

「我看，人類的那些發明我們不懂，以後還是少去碰，比較安全。」毛利有點嘆息。

「請問紫斑蝶，你們明天打算用什麼藥治療我們的同伴？」奇奇問道。

「用我們翅膀上的鱗片啊！這可是我們祖先遺傳下來的萬用藥方呢！只要吸入一點點，什麼病都會好，特別是基因食物引發的怪病……」一隻紫斑蝶回答。

奇奇若有所悟的發現，他的頭不暈了，因為他來回一趟琵琶湖，不知吸進多少紫斑蝶的「藥」。毛利、茉莉同時也才發現，他們和紫斑蝶聊天後，頭也不昏了，可能也是吸入了一些鱗片的關係。

「什麼病都能治好！你們真不愧是『藥王』！」茉莉感激又欽佩的說。

「還好啦！既然我們能治病，當然就多多行善，幫忙

大家！」又一隻紫斑蝶回答。

他們整晚一直聊著都沒睡⋯⋯

天一亮，紫斑蝶們分成兩小隊，出發去治病，一隊跟著毛利，一隊跟茉莉，因為他們曉得有哪些動物吃了玉米粒。

一隻隻的紫斑蝶於是輕輕的飛過「生病」動物的鼻子前，並多搧了兩下翅膀，讓他們吸入一些翅膀上的鱗片。

奇蹟似的，每個紫斑蝶飛過的動物們，身體馬上就復原不少。例如，松鼠強強的身體、長頸鹿班班的脖子漸漸變回原來的尺寸，青蛙呱呱的兩個孩子終於安靜下來，孔雀阿彩的羽毛也逐漸恢復了彩虹般的光澤⋯⋯

到了中午，幾乎所有動物都變回了原來還沒吃玉米粒時的自己，大夥兒好高興，對三十隻藥王紫斑蝶千謝萬謝，並列隊歡送他們回家。

往後的每年正月初一，毛利和茉莉還是會代表兜兜林到科學村去開老鼠年會，互通兩地的消息。只是他們永遠記取經驗，不會再隨意拿回年會贈送的紀念品，只要是送人類發明的東西，他們寧可就空手回來，因為他們體會到，只有生活在大自然的環境中，才是最幸福！

其實，「三色玉米事件」中的受害者，還有兩位沒辦法完全復原，那就是山豬阿嬌的一支尖牙和烏鴉阿墨的二支黑羽毛，掉下來的，當然是無法再「裝」回去嘍！於是他倆商量把這「一牙二毛」捐出來，就插在兜兜林曾經種植豆花樹的那塊空地上，一黑一白，併成一對分明的提醒……

曾經，在兜兜林裡，大夥兒共同經歷了兩場基因食物的夢，一場是豆花樹的美夢，一場是三色玉米的惡夢，而這樣的「基因夢」，只適合留在過去，永遠永遠不會再出現了！

—— 原載 2002 年 10 ～ 12 月《毛毛蟲月刊》第 149 ～ 151 期

Part.04

快鼠小注

各位朋友大家好，我叫小注。

我的主人是一位五年級的小男生，他叫陳甲傑，我的名字就是他取的。為什麼會取這個名字？請聽我說，你就會了解……

我出生後的第一個家是寵物店，剛出生時，由於眼睛還沒能完全張開，鼠毛還有點稀疏，所以先住在育嬰室裡接受特別的照料。不知過了幾天，當鼠毛長得較完全的時候，我就被老闆從育嬰室移到店前的櫥窗。

每天下午，放學經過的小朋友時常三三兩兩的圍在櫥窗前，我的哥哥姐姐們一看到有小朋友圍過來，表演慾大增，有的鑽進圓籠裡賣力的跑，有的在樓梯模型爬上爬下，有的攀在小鞦韆上盪來盪去……我呢？看他們表演得那麼熱鬧，而且那些器材好像輪不到我使用（輩分不夠），索性就不湊熱鬧，蹲坐在櫥窗的角落看哥哥姐姐們表演。

不知是不是我坐在旁邊看得出神，在其他櫥窗內好動的同伴的襯托下，文靜的我顯得特別突出？我住到玻璃櫥窗的第四天，就被一位小朋友給看上眼啦！他就是阿傑（他爸媽都這樣叫他），他用二十元把我買回家，我算了

★ 快鼠小注 ★

一下，我可是那批小白鼠中，成功被買走的第十名哦！

　　阿傑是一個電腦迷，回家以後，放下書包，接著立刻就往電腦桌報到。他把我住的籠子放在他的印表機旁邊，我原本想，慘了，遇到一個這麼熱中電腦的小主人，會不會常忘了照顧我、對我不理不睬的啊？幸好，阿傑還算頭腦清楚，每天都能記得為我換水、加食物，甚至還利用電腦運作時的一些空檔，伸手指進籠子內逗逗我……

　　大約是我來到阿傑家的一星期之後，阿傑竟然心血來潮的想教我打電腦！他為我排了課程表，像是在為奧運國手集訓一樣。首先，他將我每日的飲食升級，定時供應我喜歡吃的賣噹老薯條和聰明豆（包了糖衣的花生米），喝的則是天堂牌低醣運動飲料，天下沒有白吃的「五餐」（阿傑一天總共供應我早餐、午餐、下午茶、晚餐和宵夜），吃了二天以後，訓練課程就開始了……

　　開訓當天是星期六，早上阿傑穿著學校制服端坐在我的籠子前，鄭重的對我說，他的靈感來自於寵物店那些耍特技的小白鼠（指的應該就是哥哥姐姐他們吧？）以及他的「一指神功」，他說他用的是注音輸入法，於是賜給我「小注」的法號（名字就名字，還叫什麼「法號」，真是

故弄玄虛），結合他即將要訓練我的特技，最終的目標是練成他發明的「快鼠輸入法」！

　　然後，阿傑將籠子打開，請我出來，（如果你是老鼠，受到人類的禮遇，你會想逃嗎？）我抬頭挺胸看著他，用兩隻腳穩重的走出來。

　　阿傑要我先看他的示範，他在我面前單腳跳來跳去，聰明的我很快就了解他的意思，簡單嘛！我用右腳學著他在電腦桌上跳來跳去，他看得直說：「對對對！就是這樣。」然後，他再指著我的左腳和左右兩手，我知道他要我換其他部位試試看，於是分別用左腳、左手以及右手在桌上跳來跳去，用單手跳是有點吃力，不過我的臂力還算可以，跳得差強「鼠」意啦！

　　阿傑看到我的表現，高興的連說話都有點結巴。接著，他指指螢幕前的鍵盤，我猜他可能要我到鍵盤上用單手或單腳跳，於是我分別用左手、左腳、右手、右腳在鍵盤上不規則的亂跳一氣，他興奮的直為我鼓掌，沒多久，他請我下來，回籠休息。阿傑給我中餐裡還附了一小塊香乳酪，想必是為我加菜吧？我朝他吱吱叫，表示感謝。

　　第二天，阿傑教我認識注音符號以及拼音法。他嘴裡

唸著「ㄅ」，用手指著鍵盤上的「ㄅ」鍵，指示我跳過去，我猜應該是用單腳跳吧？於是就用左腳朝鍵盤的左上方跳去，阿傑馬上給我一塊乳酪吃，我答對啦！同時我也把那個鍵的位置記住了，接著用同樣的辦法，我記住了ㄅㄆㄇ……等三十七個注音符號。下一節課，他教我學拼音法……不知是聰明豆的神奇作用？或是我們老鼠的學習能力特強？直到當天下午，我將拼音法連同之前的注音符號和單腳跳鍵，總共花了兩天的時間，就把阿傑教我的「快鼠輸入法」給融會貫通了！

我們老鼠只是身體小，運動神經可是好得不得了，一個鍵都不曾跳錯哩！

「快鼠輸入法」練成之後，每當阿傑想用電腦，他就打開籠子請我到鍵盤上，他唸！我跳！鍵盤可以說是我第二個生活舞台，大約再過一個月，阿傑利用我跳電腦的時候，順便教我認識國字，於是我可以自己「跳字」，跳出心裡想說的話，沒多久，我藉著電腦和阿傑聊起天來……

有一天，阿傑誇我說，我是他看過的小白鼠中，最聰明的一隻！我在電腦上跳出：「哪裡！你過獎了！」

又有一回，他告訴我，有很多小朋友想認識我，問我

願不願意寫一篇自我介紹，我在螢幕上回答：「當然願意！這是我的榮幸。」於是，我認真的「跳」出一篇自我介紹，請阿傑幫我把印表機裡的白紙準備好，列印出來……，也就是你現在看到的這篇啦！

我是小注，以上的介紹夠不夠清楚？很高興能與你們做朋友，有空記得多連絡哦！

補充說明：如果想多認識小注，想寫信給小注，分享生活點滴……，可以 email 給作者，來信主旨請註明「我想認識小注」，作者會幫你將信轉寄給小注！或者，請留言到以下部落格：http://tw.myblog.yahoo.com/w-7

——原載 2001 年 6 月《毛毛蟲月刊》第 133 期

Part.05

紅豆生

Fairy Tales

放學後，留在黑板上的字，除了值日生，還有「紅豆生」！

　　紅豆生？不是紅豆，也不是學生，是放學時間，值日生草草擦黑板的時候，留下來的三個字。

　　晚上，月亮升起，三年蛇班的教室更安靜了。

　　一絲細細的聲音來自黑板：「誰能放我出來？」

　　其中一個板擦抬頭仰望：「抱歉，紅豆生，我沒有手抱妳上黑板，沒能幫得上妳。」

　　掛在前排座位的一條抹布說：「對不起，我也沒法子幫妳，因為我不是飛毯。」

　　躺在老師桌上的數學課本說：「如果老師來，我相信他會願意幫妳。」

　　紅豆生一時還聽不見有任何救兵，有點傷心。

　　「有了！」黑板前的電燈突發奇想：「也許……『畫龍點睛』的方法可以幫得了妳。」

　　「老師說，從前有個畫家，在寺廟的牆上，畫了四條沒有眼睛的龍。後來，畫家再為其中兩條龍補畫了眼睛，結果，天空立刻劈了閃電、響了巨雷，那兩隻有眼睛的龍就乘著雲，迎風飛上天！」上課的時候，也專心聽講的電

燈，說完了當天早上聽到的故事，停了片刻，再說：「也許，找一支粉筆把妳寫齊了，妳就可以離開黑板！」

「真的嗎？」紅豆生的心裡，彷彿點亮了一盞燈：「那麼，我原來是什麼？」

「我只記得，妳好像是住在〈相思〉裡的前三個字……」電燈說。

「紅豆生南國，春來發幾枝，願君多采擷，此物最相思。」才剛發問，不知從哪裡馬上竄出一首答案。

「沒錯！是誰說的？」突然聽到答案的電燈，感到很驚訝，在暗暗的教室裡閃了一下！

「是我啦！唐詩三百首。」聲音從老師的書架上的一本書裡傳出來。

「唐詩三百首，謝謝你，謝謝你，原來我是住在這麼好聽的一首詩裡！」紅豆生滿心感謝，連聲道謝。

可是，問題來了！誰能拿起粉筆來寫齊〈相思〉這首詩呢？

「吱吱！吱吱！」正當教室裡的大夥兒又陷入苦思的時候，正巧不巧，有一隻小黑鼠，從教室的門縫外鑽進來覓食……

「嘿！老鼠老大！幫紅豆生一個忙好嗎？」教室的前門說。

「啥？」小黑鼠在講台前停下來。

看著小黑鼠好像願意聽個仔細，大家你一言我一語，七嘴八舌的把紅豆生的困難和願望講給小黑鼠聽……

「沒問題，看我的！」好心的小黑鼠聽完，一口答應。

小黑鼠一個轉身，再度鑽出教室。牠跑出學校，一路跑到「儲乘減」家。成天在三年蛇班鑽進鑽出的小黑鼠知道，乘減是三年蛇班負責在早上開門的小朋友，有一支教室的鑰匙。

乘減家裡剛好養了一隻很會唱歌的大白狗，小黑鼠悄悄的叫醒了大白狗，一五一十的把紅豆生的困難和願望講給大白狗聽……

「這簡單，看我的！」熱心的大白狗聽完，一口答應了小黑鼠的請求，牠清了清喉嚨，用一種很低的音調，對著乘減的窗戶唱起歌來：「哦嗚……哦嗚……」

大白狗的歌聲彷彿有一種魔力，飄進乘減的臥房裡、夢裡，把乘減從被窩裡催眠起來，從書包拿出教室的鑰

★ 紅豆生 ★

匙，開家門，走到學校，走進三年蛇班，拿起粉筆，在紅豆生之下，把黑板上的〈相思〉繼續寫完：「南國，春來發幾枝，願……」

果然，在黑板上完成後的〈相思〉，像一條輕靈的絲絹，從黑板剝離出來，不疾不徐的飄向窗外，只聽見紅豆生越飄越遠、越來越細的聲音：「各位朋友，真是謝謝大家的幫忙，再見，再見……」

「哦嗚……哦嗚……」跟在乘減旁邊的大白狗，仍舊持續唱著。

完成幫忙的任務後，大白狗一路唱著歌，再度把乘減催眠著鎖上教室的門，離開教室，回家，平平靜靜的躺回臥房的被窩裡。

隔天，黑板上的字，當然就只剩下值日生三個字。

紅豆生帶頭領著一首〈相思〉飛走了，飛到哪裡？沒有人知道。

隔天早上，儲乘減照例第一個開門進教室，他發現，自己的桌上，放著一塊香噴噴、熱騰騰的紅豆餅，儲乘減沒有多想，忍不住一口吃了它！

紅豆餅其實是紅豆生的謝禮，也許，只有嚐了紅豆餅

的儲乘減，才會真正感應到那一首〈相思〉，究竟是飛到了什麼地方！

——原載 2007 年 6 月 24 日《更生日報》

本文獲第 21 屆台中縣兒童文學徵文獎

★ 童話列車・楊隆吉童話 ★

　　從前，有一道疤，住在很遠很遠的海邊，一位養兔子的阿糊的右手臂上。

　　那道疤的年紀比阿糊的右手臂還輕，所以疤的顏色比周圍皮膚的顏色還淺。

　　每當阿糊累得想休息的時候，疤就會微微的抽動身子，像餓肚子的小白兔，依偎在阿糊的小腿肚旁，想討一支鮮美的紅蘿蔔解解饞。

　　「我知道，我知道⋯⋯，乖⋯⋯」阿糊感覺到疤的輕微動作，用左手食指輕輕的撫著那道疤。

　　那道疤沒有嘴，卻有如一條有靈性的小溪，潺潺的傳出一縷縷清涼的聲音，聲音十分細微，細微到只有阿糊才聽得見。

　　阿糊的疤會輕聲說話，她和世界上只會成天靜靜待在主人身上的疤不一樣，阿糊的疤不但會說話，還會說故事，不但會說故事，而且，說的還是阿糊當天發生的故事。

　　「從前從前，有一朵沒做功課的雲，被天空老師留下來，不准飛行，直到那朵雲乖乖的把高空裡的水氣收

集足夠之後，在晴天的下午，臨時下了一場太陽雨，天空老師才讓那朵雲回家……」疤輕輕的說著。

聽了故事的阿糊，微笑，笑容像一艘小船，柔柔的淌進那溪一般的疤裡，他知道，貼心的疤為他說的，原來是他下午整理田地時，臨時下起的那場陣雨。

疤沒有眼睛，卻彷彿有一片更開闊的心房，替他收集、保留生活裡不小心流失的美麗。

每天晚上，阿糊總是聽完疤的故事之後，才滿足的進入夢鄉。有時候，阿糊太累，忘了聽疤說故事，疤會特別的抽動一下下，提醒阿糊聽聽她當天所感受到的故事，聽完再去睡。

有一天，阿糊農場裡的一百隻兔子，不知受到了什麼刺激，同一時間，一百隻兔子在農場裡興奮的蹦蹦跳跳，阿糊見狀，趕緊吹哨子、敲鑼、耍蘿蔔乾、跳扭扭舞、扮鬼臉……，一共用了一百種辦法，最後，才將那一百隻兔子安撫下來。

那天晚上，阿糊很累很累很累，疤仍然提醒他，希望他聽完故事再睡。結果，阿糊照例以手指輕撫著疤，讓疤開始講故事，但是，疤的故事還沒講完，阿糊就沉沉的睡

★疤★

著了。

「等等……等等……，回來啊……」阿糊在夢裡上氣不接下氣的奔跑、呼喊著，他看著原本在自己右手臂的疤，飛離了自己，從一條約莫二十公分的疤，變成一隻二百公尺長的白龍，悄悄的竄向空中，很快的，疤已成為遠遠的夜空裡，一絲不到二公分的銀線。

「回來啊、回來啊……，我想聽你說故事……」阿糊激動的驚醒，一睜眼就急著檢查自己的右手臂，果真，那道疤消失了！

阿糊心急，平時有點迷糊的他，常常丟三忘四，找不到東西，這次，疤的消失，更讓他噙著淚水，躺在床上，不知從何找起？阿糊有如失去了一位知心的伴侶一般，虛弱到心都快被淚水融化了……

自從疤離開的那天起，阿糊食量大減，精神不佳，他除了吃飯、上廁所、洗手、睡覺，醒著的他一直都坐在門口等疤回來。

一天過了、十天過了、一百天過了，阿糊還是等不到疤再度回到他的右手臂，農場裡的一百隻兔子，也因為缺乏阿糊的照顧，每隻兔子也幾乎都跟阿糊一樣，變得瘦巴

巴。

　　疤離開的第一百零一天，阿糊看著農場裡那一百隻瘦
兔子，心裡想著：「再這樣等下去，也不是辦法。」

　　於是，阿糊把農場裡的一百隻兔子都集合起來，用兔
子話告訴牠們疤的故事，以及疤離開的故事，最後，他語
重心長的說：「從今天起，請大家幫我一個忙，幫我把疤
找回來，只要是誰能達成任務，我保證送牠一大卡車的紅
蘿蔔糖……」說完，阿糊打開了農場的木頭門。

　　聽完了阿糊的請求，兔子們的心情都十分沉重，很同
情阿糊的遭遇，紛紛點頭答應他。一百隻瘦兔子，一跛一
跛的排隊跳出農場的大門，向四面八方離去……

　　「但願不久以後，疤會再回來。」望著一百隻兔子離
去的身影，阿糊心裡誠懇的祈求著，並且燃起一絲絲的希
望。

──原載 2007 年 9 月 16 日《更生日報》

Part.07

我家小馬

一句關懷的建議：本故事請空腹時閱讀，謝謝！

　　說起我家，我家有個小馬，可愛的米白色的小馬，嘴巴很大，但是不會說話。

　　「那麼，他大嘴巴，不說話，都用來做啥？」這是最多人問我的問題。

　　吃！

　　我想，這樣的回答，應該是最貼切、最傳神的了。

　　小馬在我家，什麼事都不做，有事沒事，他成天總是張著他的大嘴巴，橢圓形的大嘴巴，為什麼？

　　等吃！（就這麼簡單！）

　　我們家沒有人會怪他好吃，大家都心知肚明，吃，就是他主要的工作。

　　小馬的胃口大，他最常吃的是……，我不太方便說是什麼，我怕說出來會有一點不雅，打個速食店的比方好了，這樣說出來比較不會彆扭……小馬最常吃的食物是「薯條」和「可樂」！

　　別人吃薯條和可樂都容易發胖，尤其是小朋友，不信妳可以看看妳們班上，十個小胖子有八個是薯條可樂吃出

來的身材；我家的小馬可不一樣，吃再多的薯條可樂都還是肌肉結實，面不改色。

　　講到薯條可樂，妳一定會想到漢堡，我家的小馬是不吃漢堡的，因為他想吃也吃不到，索性就不吃了，他都是用「看」的！為什麼？因為，他每天吃的薯條就是從漢堡裡「變」出來的！我們一家三人幾乎天天都會餵小馬，於是，小馬也就幾乎天天有漢堡可以「看」，大漢堡，中漢堡，還有我的小漢堡，哈哈！

　　爸媽常常會告誡我，飲食要注意衛生，要有好的飲食習慣，這樣才不會影響健康，平常時候，我覺得這些話沒什麼，直到有一次參加我們班風紀股長的慶生會，我才有了深深的體會……

　　我們班風紀股長叫歐陽月亮，上個月 32 日，是他的生日，他請我們全班到他家慶生，他爸媽對我們好好，慶生會上，準備了好多東西招待我們。

　　歐陽月亮也和平常在教室裡的時候很不一樣，變得很客氣，甚至有點溫柔，像女生，怪怪的，不知道是不是因為生日的關係，還是他在家就會這樣？他起個音，和大家唱完生日快樂歌後，切了蛋糕，大家就猛吃起來。

那晚，我除了吃蛋糕，還吃了滷味、炸雞塊、冰淇淋、蝦味鮮、蜜餞、芒果，還喝了很多汽水和果汁，在他家慶生的大夥兒，又是唱歌又是玩電動，真是過癮極了。最後，大家在盡興的笑聲裡道別回家。

　　我回家後第一件事，就是……，妳猜？

　　答對啦！正如妳所想的（我聽到妳心裡的聲音了），我就是去找小馬。

　　小馬眼看著不是該看到小漢堡的時間，卻眼睜睜看著小漢堡強硬的出現在他的面前，幾乎同一時間，我的肚子一陣空白，湧上了我的腦海，那時不知該如何是好？我只好將眼睛用力閉上，可是我的兩片耳朵關不起來，一波波聲音排山倒海貫耳而來……

　　「噗！噗……噗噗噗……，噗噗……噗噗噗噗……」

　　這聲音一時讓我想到歐陽月亮在班上管秩序時，大聲喊叫的情景……，後來，我保持冷靜，馬上回過神來，我知道自己正在小馬身旁，雖然我還是分不清那聲音是小馬的嗚咽聲，還是他的滿足聲？

　　不知過了多久，那聲音像退潮一般漸漸消去，感覺四周格外安靜，腦子特別清明，我彷彿是寧靜海面上的一輪

脫俗的圓月。

　　我謹慎的站起來，關心的看一下小馬，……

　　哇！真令我驚訝，他的嘴裡除了可樂，幾乎滿滿的都是薯條，不不，應該是「薯泥」，滿嘴的薯泥！我想，他能吃得下吧？

　　後來，小馬果真沒讓我失望！我按了他的小耳朵，大概按了三次，他成功的把滿嘴的薯泥和可樂吃得乾乾淨淨！真不愧是我的好小馬！

　　其實那天晚上，我還是有點擔心我的小馬，我後來終於領悟到了，原來，爸媽要我注意飲食衛生與習慣，原來還是為了小馬好，怕我連累了小馬，讓他吃不消。

　　小馬是我們全家每天少不了的好寶貝，爸爸每隔幾天就會定期的幫小馬刷牙，有一次，我問爸，小馬沒有牙齒，為什麼還要幫他刷牙，爸回答說，保持口腔清潔總是好的，嗯，我同意，我們老師也是這樣說。

　　因為爸爸的細心照顧，所以我們家的小馬不但胃口好，食量大，健康，而且口氣清新，沒口臭。所以每次我餵完小馬之後，按了他的耳朵，我感謝小馬，也會感謝我爸。小馬讓我感受到「施比受更有福」的道理，我爸則是

用行動教懂我「預防重於治療」的觀念。

　　每當我按了小馬的耳朵，他總是毫不猶豫的「咕……嚕嚕嚕，咕嚕」吞下了嘴裡的薯條或可樂，有時候，夜闌人靜時，我偶爾會被小馬的這種忠心所感動。

　　最近，我在房間畫畫時，有時會聽到小馬嘴裡傳來幾聲「咕嚕咕嚕」的氣泡聲，我走近看他，他嘴裡空空，沒什麼事，可是當我一離開，咕嚕聲有時又會不定時的傳出來，不知道是不是他餓了，還是他老了？（小馬是馬，總也會有老的時候吧，我猜？）不過，到目前，他並沒有出現什麼特別異常的狀況，我有點擔心，希望真的他沒什麼事才好。

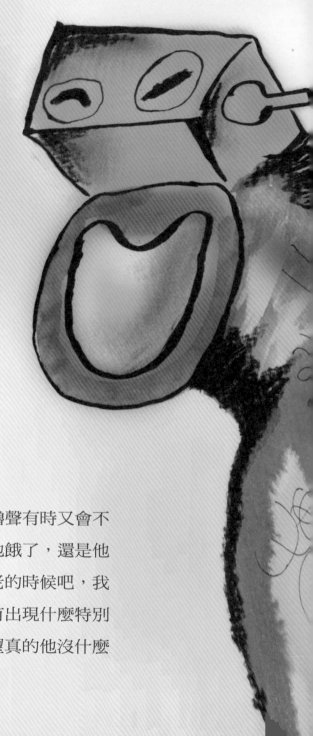

我愛我的小馬，天天餵養他。哪天有空，到我家來，我一定會帶妳來看看我家的這個可愛又乖巧的小馬。

啊！對了，妳家也有小馬嗎？我家小馬喜歡交朋友，他跟我說（他在夢裡才會說話，是他託夢告訴我的），如果妳家有小馬，他請我請妳幫他向妳家的小馬問個好，哪天有空，可以約個時間一起出來吃個薯條或可樂。要不然，如果妳家的小馬是比較積極一點的，也可以找個時間來一場像「吃薯條」或是「喝可樂」的大胃王比賽，他樂意接受挑戰。

好啦！就說到這裡，我想要去餵我家的小馬啦！改天再談。

——原載 2001 年 10 月《毛毛蟲月刊》第 137 期

★ 我家小馬 ★

Part.08

不對的地方

在某個準時就寢後的隔日早晨，我起得很早，刷牙的時候，我看見牙膏的蓋子被打開，紅綠白三色牙膏長長的吐出來，然後，出來的牙膏又像一條滑溜的小蚯蚓，反方向往牙膏口縮了進去……

天啊！我嚇了一跳，接著，在那條吞吐牙膏的前方，我的牙刷站立著搖搖晃晃，好像在指揮牙膏似的，每當牙刷往右，牙膏就吐出來，牙刷往左，牙膏就吸進去。

當時，我很大膽，大喝一聲：「喂！牙刷！你在做什麼？」

妳知道嗎？我的寶貝牙刷竟然說：「我……我在教他深呼吸。」

我很驚訝，於是，先把這個驚訝記錄下來，以免忘記。我後來仔細想想，最可能的原因是，我起床起得太早了，所以才看到不太對勁的。就像我有一次很晚睡，走過漆黑的客廳，打開電燈時，也是看到三隻蟑螂在地板上玩跳格子。

我想，結論應該是，什麼時間做什麼事，太晚睡或太早起，應該就是我不對的地方。

——原載 2005 年 3 月 25 日《大甲時報》

★ 不對的地方 ★

Part.09

虎姑婆的夢婆橋

一、小泥菩薩修成真泥佛

「為什麼不會游泳的無尾熊，掉到水裡以後，一點事也沒有？」細尖的聲音，一字一字的從電子師父的嘴裡發出，緊接著：「滴！滴！滴……」規律的倒數計時！

「因……因為，那隻無尾熊是火鍋料裡的魚板無尾熊，所以，雖然不會游泳，掉進湯水裡，沒事！」五秒還不到，小泥菩薩就響噹噹的答了出來！

「叮咚！答對了！過關！」電子師父開始播放〈愛的鼓勵祝賀歌〉，同時，師父透明的肚子蓋裡，掉下來一小塊黃澄澄的金牌：「哐啷！」

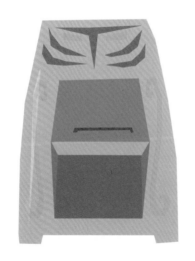

小泥菩薩掀開肚子蓋，小心翼翼的拿出那塊刻著笑臉的小金牌，祝賀歌曲依舊響著，像是不斷的為小泥菩薩鼓掌。

這是歡喜堂每一百年舉辦一次的畢業考，答對了最後一題，過了畢業考這一關，拿到代表能力與

榮譽的「歡喜牌」，小泥菩薩就可正式進級為「不怕水的『真泥佛』」了！

歡喜堂是世界上數一數二的快樂訓練所，凡是報名修行的大大小小、老老少少的神、仙、佛、鬼、怪……，只要上過全套的快樂訓練課程，再通過快樂畢業考，取得歡喜堂頒發的「歡喜牌」，不但法力等級連跳十八倍，而且，一片指甲大小、金光閃閃的「歡喜牌」掛在胸前，風風光光，走在世界各地，保證大受人們景仰！

「恭喜妳！真泥佛！」第一縷祝福從歡喜牌傳來，剛剛成為「真泥佛」的小泥菩薩，還沒適應自己的名號，驚訝中，一時還聽不出是女媧姥姥傳來的祝賀，手裡的歡喜牌接著說：「小泥啊！還認得我這女媧媽媽吧？」

經過這麼一提醒，真泥佛猛然記起，她發出了一招歡喜堂教過的「談笑生風功」，把自己想說的話，化為一陣輕風，迅速回傳給女媧姥姥：「媽咪……我畢業了耶！」像喜鵲般，真泥佛的語氣裡，掩不住的點點興奮。

「嗯！很棒。畢業後，可要好好表現哦！」真泥佛胸前掛著的歡喜牌，再次傳來女媧姥姥的鼓勵聲。

回想起一千八百年前，小泥菩薩被女媧姥姥捏塑成形

時，她還是個遇水即溶的褐色小泥娃，女媧姥姥希望她所創造的萬物與人類，在地球上都能過得愉快，所以，她隨即為小泥菩薩報名了歡喜堂的修煉課程，好讓學成的小泥菩薩，能幫忙女媧姥姥分擔一點散播歡樂的工作。

一千八百年來的鍛鍊，通過了一萬八千道以上的關卡（註一），真泥佛十八般以上的「快樂功」融會貫通滿全身……

「莫遲疑，快快下凡，去散播快樂！」電子師父一句雷鳴，催促真泥佛。

真泥佛聽到師父的命令，運起「啼笑皆飛功」，大吸了一口氣：「哈！哈！哈！哈……」，變成一隻大老鷹，任由歡喜牌的引領，飛往凡間。

二、泰格不想變成虎姑婆

飛到凡間的真泥佛，為了一償一千八百年來的渴望——泡水（泥菩薩過江，自身難保！想當年，真泥佛還是小泥菩薩的時候，半滴水都碰不得），她由大老鷹變成了小海鷗，像子彈般的衝向一片汪洋，接觸到海面的一瞬，再變成一尾光溜溜的海豚，衝開一朵水花，迎進波濤起伏

的冰涼海水。

「啊……原來，泡水的滋味這麼舒暢！」真泥佛不禁讚嘆。

掛在真泥佛背鰭上的歡喜牌彷彿有靈性，帶著真泥佛在海水中左閃右彎，輕快的滑游前進，帶她接近一個需要她的地方。

沿途，真泥佛除了享受游泳時海水的清涼按摩，還遇見許多海洋朋友，例如：海龜、海象、海豹、海狗、海馬、海葵、海帶、海膽、海龍王……，沒有一個不熱情的向她打招呼！

真泥佛從大東洋竄進海裡，她游經大西洋、大南洋、大北洋，接著，穿游過「蘇五木洋」、「瞬手千洋」與「睡不著就數小綿洋」，最後，她游進「八仙過海」，游到了貢丸港附近，一個叫作「腦筋急轉灣」的沙灘上，真泥佛變成彈塗魚爬上岸，上岸後，再變成狐狸狗，她使勁的抖乾全身狗毛，濺了一地水印子，然後，邁開步伐隨意散步……真泥佛還不知道，歡喜牌領她來的地方，就是世界上多數貓故事的發源地──貢丸村。

貢丸村是一個小漁村，漁村靠海，海水多，有水就有

魚、有魚就有貓，貓多了，貓故事也跟著增加！

　　走在貢丸村的街上，隨處可以看到各式各樣的貓，例如：黑貓、白貓、三腳貓、咬人貓、躲貓貓⋯⋯

　　「嗚⋯⋯嗚⋯⋯我不想當⋯⋯」真泥佛走沒幾步，遇見街道旁一隻抽抽噎噎的虎斑貓──泰格。

　　「泰格泰格，別難過，有啥難事，我替妳愁，不想當什麼啊？」真泥佛上前安慰她。

　　「妳⋯⋯妳怎麼知道我的名字？」泰格大驚，暫停哭聲。

　　「我是從歡喜堂修煉畢業的真泥佛，當然知道妳的名字！哈哈！哈⋯⋯」為了讓泰格相信，真泥佛趕緊從狐狸狗再變回全身巧克力色的佛樣，暗地裡，她同時對泰格發出「破涕為笑功」，促使泰格心情好轉。

　　泰格心裡霎時感到一股陽光般的笑意，很想笑，可是，立即又被心中升起的烏雲遮蔽得昏天暗地，沮喪的說：「我不想當虎姑婆啦！」

　　「虎姑婆？誰叫妳當虎姑婆？更何況，妳又不是老虎。」真泥佛有些疑惑。

　　「唉⋯⋯該怪我這身老虎斑紋嗎？安徒神說，貢丸村

就數我最像老虎，硬是要派我到故事裡！」泰格瞧著自己的皮毛，委屈的說。

「安徒神？有這種神嗎？」真泥佛雙手托起歡喜牌，用「心」輸入疑問。

「嗶……嗶嗶！查無此神！」歡喜牌展現了「行動圖書館」有問必答的超能力，隨後又補充：「安徒神是貢丸村的『故事人』。」

真泥佛知道安徒神的身分後，拍拍泰格的肩：「先別擔憂，安徒神那邊，我去幫妳說一說！」

三、安徒神的歌聲無法躲

他……有點禿頭，可是腦子裡點子多，他有些孤單，可是寫出的故事人人稱讚！他一個人住在貢丸山上的「莫名奇廟」，白天，想故事，晚上，寫故事，他到底是寫故事上了癮？還是寫故事發了狂？一直都是個謎！不過，可以確定的是，他每一字、每一句所寫的，都是和「貓」有關的故事。他，就是貢丸村無人不知、無人不曉的故事人——安徒神！

安徒神很老很老，他是人，卻有著「神」的稱號，因

為，安徒神擁有全天下獨一無二的神奇寫法，就是……把故事「寫」進夢裡！

貢丸山位於貢丸村的東北方，如果想去莫名奇廟，從貢丸港往貢丸山的方向走約二公里，會看到一片山坡地，放眼四周，唯一的建築物就是莫名奇廟。

莫名奇廟外頭沒有琉璃龍柱，裡面沒有鼎盛香火，樸樸素素，廟堂裡頭，供奉著一個長橢圓形立體物，遠看，像一只站著的剛出爐的灰色炸彈麵包。傍晚時分，夕陽照得貢丸山山坡有如灑遍金粉的綠毯，真泥佛隨著歡喜牌的指點，走到莫名奇廟的門口，佇足片刻，跨進門檻，禁不住驚呼：「哇！好特別的神像啊！」

「那不是神，是『滑鼠』──八千多年後的進化動物！」安徒神坐在廟堂的右側桌子後，左手托腮，右肩倚著一支拂塵（註二），八成廟祝（註三）的模樣，氣定神閒的招呼真泥佛：「歡迎光臨，真泥佛，想必妳是幫泰格說情而來的吧？」

真是天外有天、山外有山、人外有人、「佛」外有「神」！原來，有預知能力的，不只是真泥佛一個，真泥佛和之前的泰格一樣訝異，兩眼瞪得如銅鈴大：「你……

你怎麼知道我的名字？」

「我是寫貓故事寫到入迷、寫到出師、再寫到出神的安徒神，當然知道妳的名字囉！哈哈哈……哈！」安徒神笑吟吟的回答，並發出「笑裡藏刀功」試探真泥佛的功力有幾斤兩。

「笑裡藏刀功！」真泥佛有感應，立即側耳傾聽，四兩撥千斤，輕鬆閃過，心中一驚：「莫非……」

「妳大可以轉告泰格，到故事裡當虎姑婆的事，不用再掙扎了！」安徒神慢條斯理的說：「因為，我的歌曲早已寫好了。歌聲，是掌管故事的精靈，到目前為止，還沒有任何一隻貓能躲得過我歌曲的召喚。」

話一說完，安徒神逕自唱起歌來：

很久很久的故事　是爺爺告訴我

在好黑好黑的晚上　會有虎姑婆

不哭不哭，不要哭

再哭的孩子咬耳朵

快睡快睡，趕快睡

不睡的孩子咬指頭

記得記得，要記得
摀著眼睛說
虎姑婆別咬我
我是乖乖睡覺的好兒童

「嗯！歌是好聽，可是虎姑婆好像有點可怕，老喜歡咬小孩？難怪泰格她……」真泥佛一邊讚美一邊擔心。

「錯！妳錯了，虎姑婆並不會真的咬小孩，事實上，在我的故事裡，她只需要提醒小孩早點睡覺而已！」安徒神理直氣壯的解釋：「再說，進到故事裡能長生不老，泰格可因此永保她一身亮麗的老虎皮毛，老虎是大貓，身為貢丸村的虎斑貓，被寫進故事裡，她應該感到榮幸！我不會虧待泰格，如果妳不信，我帶妳去看看她未來的樣子……」

此時，夜幕漸漸籠罩貢丸山，莫名奇廟裡的那「尊」滑鼠頂端，自動的發出綠光與藍光。

「能親眼目睹我這支『花生妙筆』，妳還是第一個

★ 虎姑婆的夢婆橋 ★

呢！」安徒神緩緩起身，手中的拂塵變成一支大毛筆，他雙手握筆，一步步往滑鼠走去，走近滑鼠時，他舉起大毛筆，往綠光一沾：「綠色的光脈是通往未來故事森林的『左腱』，真泥佛，走吧！」

「嗯！」真泥佛才剛點頭，馬上就隨著安徒神消失在滑鼠之前。

四、時鐘森林暗藏快樂鎖

在陣陣涼風習習吹送的天空裡，飄浮著一朵朵大大小小的綠雲，有個印著粉紅色笑臉的熱氣球，不疾不徐的穿梭在雲間，熱氣球裡搭乘的是安徒神與真泥佛兩位。

「下面都是未來的故事森林，一座森林一個主題故事，所有故事裡的動物，都住在屬於自己的故事森林中。」安徒神像個國王，揮手指著綠雲下的領土，邊說著，還不停拿著「花生妙筆」往天空下抖甩：「這招叫做『天裡散花生』，故事裡的動物都得吃這些花生過活，每隔一陣子，我就來這邊餵養牠們。」

「泰格呢？」真泥佛關切的問。

「瞧！」安徒神對於故事森林瞭若指掌，即刻指給真

泥佛一個方向：「那兒！時鐘森林的山坡，山坡的大榕樹下，身紋斑斕的那隻虎斑貓就是泰格。」

真泥佛遠遠望去，泰格正趴在樹下，一粒接一粒吃著天上掉下來的花生，再仔細一看，真泥佛發現，泰格的虎紋皮毛依然黑黃分明、色澤鮮活，可是，泰格表情落寞冷淡，透露出枯葉般的心情。

真泥佛不忍再多看，泰格的樣子令她心頭湧上一股寒顫，朝安徒神問道：「泰格她……快樂嗎？」

快樂，是真泥佛當年在歡喜堂修煉時，快樂訓練師引導她修成的最難的功法，訓練師曾告訴她：「快樂為助人之本，妳的使命，就是要幫天下所有不快樂的都快樂起來，讓愁眉苦臉的都歡笑開懷。」

「唉……難道妳沒聽過『江山易改，好夢難成』這句話？」安徒神沉默片刻，語重心長的說：「夢是小朋友生活的祕密基地，我寫故事、故事歌，也只希望能為小朋友搭起通往夢的橋樑。請妳想想，一隻病懨懨、醜兮兮的虎姑婆，在故事裡，像樣嗎？」

「可是……」真泥佛仍放心不下泰格。

「我希望泰格能多為做夢的小朋友著想，改變一下自

★ 虎姑婆的夢婆橋 ★

己的心情。故事森林是夢的後台，牠們在夢裡和小朋友相處、工作完畢之後，這些森林是牠們最棒的休息場所。大部分的動物都過得滿愉快的，妳看……」安徒神調快了熱氣球的飛行速度，打算帶真泥佛到其他的森林參觀參觀，也順道拋灑花生，餵餵那些故事動物。

　　風聲在耳邊呼呼吹起，真泥佛瞇眼抓緊熱氣球的座位把手，她不太適應加速後的熱氣球，感到有點暈眩，於是，抬頭運起「仰天長笑功」，調整自己的呼吸：「嘻！呵！哈……」

　　他們飛過了開滿太陽花的太陽森林，真泥佛看見藍色的「無耳當丁貓」、橄欖綠的「多多貓」和兩隻白色的「哈囉兄妹貓」，牠們圍圈坐在草地上打牌、有說有笑；經過美麗森林時，「加肥貓」正在湖邊跳繩、做減肥操；在處處種植櫻桃樹

的櫻桃森林裡，四隻老虎手拉手正在跳著圓形的奶油舞，一旁，還有一隻「切線貓」在為跳舞的老虎打拍子、唱夢遊歌；在綠油油的髮菜森林，只見一隻貓在清澈的小溪邊，認真的刷洗他的長靴……幾乎每座森林裡都吐露著愉快的休閒氣氛。

最後，熱氣球在天空中繞了一大圈，飛回時鐘森林上空，眼尖的真泥佛看見，時鐘森林裡，除了泰格，還有一隻白額老虎，獨自坐在森林深遠處一顆大青石上，揉著自己的虎頭，忿忿不平的碎唸：「壞武松！臭武松……」

「武松？誰是武松？」真泥佛拿起歡喜牌，瞄準那隻老虎問道。

「嗶……嗶嗶！打虎英雄！（註四）」歡喜牌立刻解答。

她回想起泰格，又看看那隻氣呼呼的老虎，頓時，真泥佛有了新的發現：凡是在時鐘森林裡的動物，似乎都不怎麼快樂……這森林，肯定有封鎖快樂的「快樂鎖」！

基於歡喜堂畢業生的行善本能，真泥佛迫不及待的想替時鐘森林找出能夠解開快樂鎖的鑰匙。

「有打老虎的故事嗎？可以帶我去夢裡看看嗎？」真泥佛央求安徒神。

「嗯……」安徒神有點猶豫：「按照滑鼠的進出規定，本來是得再回到莫名奇廟，從『右腱』進入故事夢的空間，看在妳持有歡喜牌的份上，我就破例一次，我們從『南柯捷徑』直接過去。」

想不到有歡喜牌還能享受到這樣的禮遇，真泥佛連忙點頭稱謝。

安徒神將手裡的花生妙筆一揮，一瞬間，所乘坐的熱氣球來到瀰漫著霧氣的天空，熱氣球的笑臉也由粉紅色轉為橘色。

五、夢婆橋頭結滿開心果

故事夢的空間裡，四面八方都是濛濛的藍霧，安徒神叮嚀說：「這地方的藍霧是為了分隔各種不同的夢境，專心一些就可以看得清楚……」話還沒說完，藍霧裡，就傳來陣陣叫喊。

「哎呀……哎呀……」真泥佛定睛一看，時鐘森林的那隻白額老虎，被一位滿身酒氣的壯漢按在土地上，不斷的捶著頭，她心痛的想：「難不成他是武松？」

「嘿……嘿嘿！暴力！暴力！兒童不宜！」歡喜牌感

應到老虎叫聲，嚴厲勸告真泥佛趕快離開。

真泥佛聽信歡喜牌的話，突然想起泰格，問安徒神：「那……泰格在哪個故事夢呢？」

安徒神將花生妙筆在身前畫個大圓，一陣濃濃的藍霧撲上來，又散了去，熱氣球下方出現一座橋，橋頭，一隻色澤鮮豔、身材高大的老虎，他指著老虎的背影，對真泥佛說：「『夢婆橋』是通往其他夢境的入口橋，橋頭旁守著的，就是我故事裡的虎姑婆──泰格，原本，我希望她在『夢婆橋』旁，告訴每一位因為晚睡而做夢遲到的小朋友，下次睡覺請早。否則，遲到超過三次，就得罰三個星期不能過橋做夢。」

「哪有這麼嚴格的夢？你這樣不行啦！」真泥佛難以置信的說：「我猜……沒幾個小朋友通過夢婆橋，對不對？」

安徒神沉默不語，與橋頭的虎姑婆做了簡短的感應，回答說：「實際上是，從來沒有小朋友通過。」

「我就說嘛！你寫了一個這麼高大魁梧的虎姑婆在故事裡，想過夢婆橋的小朋友遠遠看到，早就一溜煙的逃了……，放了泰格吧？別叫她當虎姑婆了！」

安徒神搖搖頭：「不行，被我寫進故事的動物，不能再出來了！」

「要不然，改改故事的情節總可以吧？拜託啦……呵呵！哈……」泰格是真泥佛自歡喜堂畢業後第一個幫助的對象，她拚了命也要幫到成功，她靈機一動，使出「嘻皮笑臉功」耍賴……

安徒神長久以來獨自在貢丸山寫貓故事，從來沒有人對他寫完的故事有什麼建議，小朋友來到莫名奇廟，總是直截了當的向他拜託故事，請他寫一個量身打造的故事夢，他只要下筆，總是一氣呵成……如今，真泥佛「修改故事」的提議，有如一滴露珠，點亮了剛爬上山頭的太陽光，他百感交集的點頭同意。

「您真是超級好心人！」真泥佛打鐵趁熱的感謝安徒神，並追問：「那麼……請問哪時候可以修改故事呢？」

像是呼應真泥佛心中的節拍似的，安徒神彈了三下花生妙筆：「修改故事，必須先離開故事夢的空間，我們現在就回莫名奇廟修改！」

「忽！」的一聲，再眨眼，真泥佛同安徒神回到了貢丸山的莫名奇廟。

安徒神提示說：「歌聲是掌管故事的精靈！修虎姑婆的故事，就得先改虎姑婆的歌詞，妳可得一起來動動腦！」

真泥佛知道自己也可以修改故事，掩住內心的雀躍，就地打坐，全心思索……

「有了！」一刻鐘不到，真泥佛想出了改編版的虎姑婆歌詞，哼唱起來：

虎姑婆的夢婆橋

很久很久的祕密　真泥佛跟我說
在好香好甜的夢裡　會有虎姑婆

快睡快睡，趕快睡
睡熟了夢見虎姑婆
快來快來，快進來
夢婆橋的笑話好又多

記得記得，要記得
橋頭有開心果
虎姑婆我來囉

好聽的笑話要留給我

　　真泥佛回想起一千八百年來所練就的「快樂功法」，牽掛著貢丸村裡愁眉不展的泰格、在故事夢中受苦受難的白額老虎，於是，她決定將自己的絕招──說笑話──化做一棵開心樹，捐給故事夢的空間。

　　徵得作者安徒神的同意，真泥佛將那棵開心樹種在夢婆橋邊，並將虎姑婆「瘦身」成虎斑貓的大小，請虎姑婆照顧開心樹，不論小朋友做夢有沒有遲到，只要來夢婆橋的，虎姑婆就摘下一顆飽含笑話的開心果送他……不同的顏色有著不同的氣味，開心果紅的、紫的、花花綠綠的……結滿了開心樹，好不繽紛！

　　「啵！」開心果一剝開，「笑味」撲鼻，香甜不膩，鑽入心底，保證能徹徹底底解除當天睡前的壓力。

　　真泥佛深信，開心果一定可以成為解開時鐘森林快樂鎖的鑰匙，而且，虎姑婆以後一定會深受小朋友的歡迎！

　　「嗯！真泥佛，妳修改得很好！」安徒神稱許真泥佛。

　　真泥佛聽到讚美，又喜……又驚！因為，她發覺，身

邊的歡喜牌也這麼說！她猜想……

「我其實是歡喜堂電子師父的分身，恭喜真泥佛，妳又升級了。」安徒神承認身分，換成電子合成的音調，任命她：「因為妳自願將自己的絕招，大方的捐贈給故事夢的空間，將會造福更多做夢的小朋友，已符合了歡喜堂的跳級標準，請到歡喜堂裡來擔任快樂訓練師吧！」

「謝謝師父！」真泥佛興高采烈，感激的朝安徒神一鞠躬：「等等，請師父再給我一些時間，我去跟泰格回個話，很快就回歡喜堂報到！哈！哈！哈！哈……」真泥佛再次運起「啼笑皆飛功」，飛往貢丸村的街上找泰格。

隔日清晨，真泥佛在貢丸村八巷的巷口，找到還在睡覺的泰格，輕輕搖醒她，匆匆將「修改版的虎姑婆故事」說給她聽，泰格知道後，難受減輕了好幾百斤，對真泥佛謝個不停。

真泥佛還請泰格幫個小忙，請她以後到了時鐘森林時，轉告那隻白額老虎，記得在故事夢裡拐個彎，穿過藍霧，到夢婆橋邊嚐一顆開心果，可以永遠消除所有的疼痛……

真泥佛回到歡喜堂擔任快樂訓練師了！她負責在歡喜

★ 虎姑婆的夢婆橋 ★

堂講授「如何說精采笑話」的課程……記得開課的第一天，她就拋給全班學生一個問題：「無尾熊為什麼沒有尾巴？」

直到現在，仍然都還沒有學生答對真泥佛的問題呢！

——原載 2005 年 10 月 24 ～ 25 日《更生日報》

本文入選九歌版《九十四年童話選》並獲年度童話獎

註一：想知道真泥佛通過的所有訓練關卡，請參考《歡喜堂關關必勝祕笈》。

註二：拂塵，用馬尾做的拂子，拂拭塵埃的用具。

註三：廟祝，主管廟內香火事務的人。

註四：〈武松打虎〉，是元朝施耐庵所寫的章回小說《水滸傳》第二十三回的故事。

Part.10

趕快酥

Fairy Tales

貢丸國小一年一度的學校聯合社區運動會又將來臨，運動會一天天的接近，小朋友也一天天的興奮……，只有一個小朋友例外，那就是一心想要跑第一卻跑得不是最快的「鬆餅」，鬆餅的心情隨著漸漸到來的運動會，一天比一天還擔心。

　　「得第一！要得第一！一定要得第一！」鬆餅心裡不斷的為自己加油打氣，鬆餅的同學們也知道他想跑第一的企圖心，回想起前幾年的運動會，鬆餅代表班上參加一百公尺賽跑，已經連續獲得三年的第一了，只……只是，是倒數第一！

　　不過，全班同學都知道，鬆餅是全班跑得最快的男生，今年的運動會，還是得派鬆餅代表班上比賽，仍是要繼續為他加油，希望鬆餅這次能為班上贏回「真正」的第一。

　　一百公尺預賽的前一天，放學後，鬆餅在操場獨自練完跑步，拖著疲勞的步伐走出校門，走沒幾步，鬆餅聽見有人在叫他：「鬆餅小朋友……等一等！」

　　鬆餅停下腳步，回頭，他看見路邊有一位滿臉皺紋、披著藍色頭巾、身穿綠色連身長袍的老婆婆，她對著鬆餅

微微笑，招招手：「鬆餅，你想跑第一，是吧？」

　　鬆餅很訝異這位老婆婆為什麼會知道他的名字，他更驚奇的發現這位老婆婆也知道他的心事。

　　沒等鬆餅回過神，老婆婆滿臉善意的笑著說：「鬆餅，我觀察你賽跑已經有三年的時間了，你跑得認真，可是沒有一次如願，實在令人同情！今年，你如果想要得到真正的第一，不妨嚐嚐我的『趕快酥』，可以讓你跑得更快喔！」老婆婆手掌攤開，一個小小的、菱形的藍色酥餅。

　　鬆餅想跑第一的念頭，早已在腦子裡沸騰好多年了，聽到老婆婆這樣說，他喜上眉梢的連聲道謝，想都沒想的接下了老婆婆給他的酥餅。

　　「你還要注意哦！趕快酥可不是普通的酥餅……」給了趕快酥之後，老婆婆還特意叮嚀鬆餅，告訴他怎麼吃才可以發揮趕快酥的功效。

　　老婆婆說，趕快酥吃進肚子裡，直到讓腳完全發揮力量，大約需要一小時，所以，在比賽前一小時吃，最有效！另外一個祕訣是，吃到肚子裡的趕快酥，一定還需要配合耳朵聽到的聲音，才能發揮「趕快」的加速效果。

「是什麼聲音啊？」鬆餅不解的問老婆婆。

「就是『趕快酥』啊！」老婆婆解釋：「越多人喊『趕快酥』為你加油，你就會跑得越快……，可是，最後一個祕訣你千萬要遵守，否則，趕快酥也將變得和一般的酥餅沒什麼兩樣，那就是……」老婆婆停了一下，左右張望看附近有沒有人，靠近鬆餅的耳邊，壓低音量說：「絕對不能告訴任何人說，你有吃過趕快酥，要記牢哦！」話一說完，老婆婆就在鬆餅下一個眨眼的時候，消失不見了！

那時，鬆餅看著手心這塊趕快酥，更加相信它是真的會幫人「趕快」，手心興奮的出了一些汗，他趕忙用一張衛生紙，小心翼翼的將趕快酥包起來，藏進口袋。

隔天預賽前一小時，鬆餅將趕快酥掰成兩塊，悄悄的在教室吃了其中半塊，他也告訴班上幾個比較要好的同學，請他們喊「趕快酥」為他加油，那些同學半信半疑，基於好朋友的立場，沒多問什麼，都答應了鬆餅的交代。

「砰！」起跑槍聲響起。

鬆餅一如往常，拔腿使力往前跑。前面十公尺，鬆餅並沒有覺得自己的速度特別快，還是倒數第二呢！

鬆餅繼續往前衝，接著，他漸漸聽到班上的幾個同學大聲為他喊：「趕快酥！趕快酥！趕快酥⋯⋯」

忽然間，鬆餅覺得身體變得很輕盈，腳底好像裝上了飛輪一樣，他很快的趕過第四個，趕過第三個、第二個、第一個，馬上就衝到終點線，贏得預賽的第一名。

鬆餅對於自己跑出來的速度有點不敢置信，在場邊為他加油的同學也瞪大了眼睛，不過，全班對鬆餅的歡呼聲，很快的淹沒了少數幾個人的疑惑，今年，鬆餅終於能代表班上衝進決賽了，大夥兒都樂翻了！

不過，別班幾個較細心的同學，發現原本前幾年跑得不是很快的鬆餅，能夠突然加速的原因，竟然是他們班為他喊「趕快輪」！這個發現，在其他班級之間很快的口耳相傳開來，他們幾乎都相信那是一種另類的必勝招式，於是，幾個代表選手跑進決賽的班級，也都想在決賽當天如法炮製一番。

在鬆餅的班上這頭，因為同班的其他同學見識到少數同學在預賽當天喊出的「特殊口號」，讓鬆餅跑出如此亮麗的成績，於是，也決定在運動會決賽當天跟著一起喊！

運動會當天，鬆餅還記得，在老婆婆叮囑的一小時

★
趕
快
酥
★

前，吃了剩下的那半塊趕快酥。

「趕快酥！趕快酥！趕快酥……」裁判的起跑槍才舉起（還沒響），鬆餅遠遠的就聽到全班在跑道邊為他賣力的加油聲！

「趕快輸！趕快輸！趕快輸……」「趕快輸！趕快輸！趕快輸……」「趕快輸！趕快輸！趕快輸……」其他班級不明就裡、也不甘示弱的為自己班上的參賽代表加油了起來。

當天到學校參觀一百公尺賽跑的家長、社區朋友，頭一遭聽到比賽開始前，此起彼落、震耳欲聾的「趕快輸」的加油聲，聽得是滿頭霧水。

「趕快輸」和「趕快酥」的發音很相似，排山倒海的像極了「趕快酥」的聲音，只有對鬆餅一個人才起得了作用，趕快酥的功效，頓時放大了好幾十倍，已做好起跑姿勢的鬆餅聽得兩腿發脹、腳底發麻，他感到兩腳似乎充滿了未知的飽滿力量，微微的顫抖著。

「砰！」起跑槍聲響了。

鬆餅只記得左右腳各用力的往前跨出一步……

「咻！」一聲，只見一個影子隨著槍聲從起跑線「噴

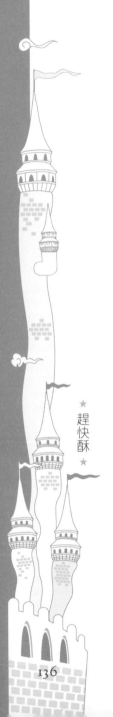

射」出去，像一條橡皮筋一般，「彈」到了終點線……（這是在旁觀眾的眼睛所看到的景象）。

後來，鬆餅直到被終點線的同學扶住了以後，才回過神來。

計時老師發現突然衝過終點線的鬆餅，趕忙按下了馬表：「一秒六八！」眼看其他第二、三、四、五、六名的同學，還跑不到十公尺呢！

鬆餅在那個年度運動會的一百公尺賽跑，史無前例的為貢丸國小創下了最快的紀錄，甚至，到現在，世界上還沒有人能夠破得了這個紀錄！

後來，鬆餅在運動會隔天就轉學了。貢丸國小全校都在猜，也許，鬆餅轉到體育學校就讀體育班，也許，鬆餅被國家教練邀請加入國家代表隊了……

其實，真相是……鬆餅已經沒有趕快酥啦！主動請求父母幫他轉學的鬆餅，把老婆婆給的趕快酥都吃光了，他不確定什麼時候還會再次幸運的遇見老婆婆，他擔心跑出這麼棒的成績之後，體育老師可能會找他加入田徑隊、記者可能會找他採訪、貢丸國小全校小朋友可能會當他是偶像並找他要簽名……，鬆餅心裡清楚，沒有趕快酥，他是

趕快酥

不可能跑這麼快的。

　　鬆餅轉學了！他轉到⋯⋯，想也知道，不想讓人找到的鬆餅，怎麼可能告訴大家呢？

——原載 2004 年 12 月 31 日～ 2005 年 1 月 1 日《國語日報》

★ 童話列車・楊隆吉童話 ★

Part.11

腎結石的毛毛雨

Fairy Tales

從前，有一隻叫做「膽結石」的食蟻獸，牠的身體有如一隻大狗那麼大，嘴巴像是長長的香腸那麼長，可是，牠的嘴巴長得小，儘管牠再怎麼用力張嘴，頂多也和一尾小鯉魚的嘴巴差不了多少。也許是因為天生嘴巴就長那樣，非常想吹口哨的牠，無論花再多時間練習，就是吹不出半點聲音，有吹就像沒吹一樣，靜得像一粒膽結石。

膽結石有一副名叫「腎結石」的吊床，因為那吊床自從被膽結石掛上兩棵李樹之後，隨著風吹，吊床就自動散發出很神祕又難以解釋的酸味，雖然嗅覺很敏銳的膽結石很快的就聞到這種味道，但是，那是牠唯一的吊床，所以也只好習慣著用了。

腎結石會說話，可是膽結石聽覺不是很好，對膽結石而言，腎結石只是一個普普通通、可以乘涼睡覺的吊床而已。

腎結石大叫：「你好重啊！」每當膽結石一躺進去，腎結石就會這麼喊著，腎結石的身體，因為膽結石的重量，幾乎都快碰到地面了，地上的每一根小草，好像都長在最剛好的高度似的，迎著風，不斷的呵著腎結石的癢……

「哈……哈哈……你好重……哈哈……好重啊……哈……」腎結石常常是又笑又叫，飛過的鷺鷥、路過的野貓……，聽到、看到腎結石的樣子，都不知道她是高興還是痛苦？

膽結石時常睡覺，一天裡，至少有半天以上的時間在睡覺。所以，可想而知，腎結石一年裡面，至少也有半年以上的時間在大叫與大笑。只有膽結石睡飽了，離開她，去找東西填肚子的時候，腎結石才可以稍微鬆一口氣。

有一天，李樹附近，飛來了一隻切葉蜂，停在腎結石身上：「你好！」那時，剛好膽結石不在。

切葉蜂的腳上還夾著剛剛從李樹葉上切割下來的葉子，不過，牠全部的重量比起膽結石，還是輕盈很多很多，腎結石輕鬆的回答：「你好啊！」

「我在這附近工作的時候，常聽你的笑聲……」切葉蜂夾著一片圓圓的葉片，隨著腎結石的搖晃，說著：「我覺得，你隨時都很快樂。」

「噢……，這……這個快樂嘛……」腎結石心裡，彷彿有一顆葡萄不知該變成葡萄乾還是葡萄酒，反覆想著，該怎麼回答好？腎結石不想說出膽結石的重量，因為那好

像在說膽結石的祕密或壞話，但是她也想說實話，她笑，並不是因為她快樂，而是那些呵她癢的小草。後來，腎結石回答：「嗯，也可以這麼說啦！我的快樂就像天空裡的雲，會飛，也會下雨。」

會飛，也會下雨，又是在天空中……，聽了腎結石的回答，切葉蜂似懂非懂，很興奮，好像遇到志同道合的朋友：「好耶！聽起來和我的快樂差不多，我會飛，飛來飛去、切葉子築巢、忙碌的像一隻汗如雨下的水牛！」

「喔？你這樣想！」腎結石想不到切葉蜂會這樣回答。

「嗯！沒錯，就是這樣。我要繼續完成我的蜂巢了，再見，改天再說……」切葉蜂講完，夾著圓葉飛離了腎結石。

沒多久，膽結石從遠處吃飽肚子，呼嚕呼嚕的搖著身子走回來，走近腎結石的身旁，牠伸出爪子，勾住她身上的粗繩，熟練的一翻身，身體再度躺進腎結石的身體裡，像往常一樣，又睡著了。

但是，這次，腎結石並沒有像往常一樣大叫與大笑，她忽略了膽結石的重和小草給她的癢，當時，她留意到天

空，天空裡滿是多彩的晚霞，有如她剛剛回答切葉蜂的雲，緩緩的在遠方天空裡優遊……

接著，腎結石突然想飛，像雲一樣。她很專心的想，忘了膽結石的重量，忘了自己是吊床，她覺得自己浮了起來，漸漸的飄高，她注視著的天空越來越近，逐漸化為一片星海……，等到她忽然想起了膽結石，向地面俯瞰，正熟睡著的膽結石、兩棵李樹，還有像是另一個自己的吊床，看起來已經變得像星星那麼小……

高高的夜空裡，涼涼的晚風吹，腎結石舒服的心情有如切葉蜂切下來的那片圓葉，再度回到原本的李樹葉子上。最後，腎結石也像雲一樣，下了一陣毛毛雨，只是，雨有點溫溫的，還不偏不倚的飄落到膽結石的身上，把膽結石好不容易才做到的「學會吹口哨」的夢給弄醒了！

——原載 2008 年 7 月《毛毛蟲月刊》198 期

★ 腎結石的毛毛雨 ★

Part.12

水　龍

從前，在一個遙遠的森林，住著一隻銀色的水龍，牠全身銀色，胖胖的、涼涼的，而且皮膚很光滑，整個身體都是水，牠的工作是供給水分給森林。

當森林的動物想喝水時，就走到水龍面前，讓牠看一看，沒多久，牠知道了，就慢慢的張開嘴流出清清涼涼的水，讓動物一次喝個飽。

當森林裡的動物想洗澡時，也是一樣，走到水龍的面前，沒多久，牠也會慢慢的張開嘴流出清清涼涼的水，讓動物一次洗個痛快！

還有一些森林的小動物，特別喜歡玩水，牠們一樣來到水龍面前，沒多久，水龍慢慢的張開嘴流出冰冰涼涼的水，讓牠們開心的大打水仗。

也許妳會感到奇怪，森林裡那麼多動物需要水，但是水龍只有一隻，為了用水，牠們豈不是要大排長龍？好問題！別擔心，牠是特別的水龍，雖然只有一隻，但是「水龍頭」卻有十

二個，牠有六雙腳，每一隻腳的正上方都有一個頭，這樣一來，水龍就能夠很從容的供應水給大家，而且也能夠支撐得住全身所有水份的重量！

十二隻腳，十二個頭！這隻水龍要怎麼移動？請放心，牠的每一步都走得很慢，所以不會絆腳，水龍是溫馴的動物，每個頭都是和和氣氣的，不會因為決定方向的問題，隨便大吵大鬧。

因為全身都是水，所以水龍的體重很重，不方便走動，牠自己其實也懶得走。森林的動物們為水龍找了一棵專用的大榕樹，讓牠待在高大陰涼的樹蔭下，既不怕日曬，也不怕雨淋。

說到下雨，水龍倒是喜歡淋雨，因為那是牠補充水分的黃金時間，牠銀色的皮膚不會流汗，倒是很會吸水！下雨的時候，水龍就慢慢的走呀走呀……走到大樹的外面舒服的「吸」水，吸得整個身體胖嘟嘟、圓滾滾的。雨停了，再以更慢的速度，「爬」回樹下，那是因為吸了好多水，所以體型變得比較大、比較笨重的緣故。

沒有哪個動物知道水龍到底在森林待了多久？有的說牠至少有一百歲，有的說至少有五百歲，有的還說牠是很

久以前天神派下來服務森林的，至少有七十萬歲！誰曉得？反正，也沒有哪個動物真的會在意牠幾歲，只要水龍能夠給大家源源不絕的水就可以啦！

　　如果你打過瞌睡就會知道，有時候，睡醒之後會發現不小心流出來的口水，然後得趕緊把它們擦掉（如果旁邊還有人的話，有時還得小心不要讓別人發現，被看到就不太好意思了）。

　　夏天到了，水龍待在樹下，暖風吹來，十分舒服，容易打瞌睡。水龍打瞌睡的時候，嘴巴會微微的張開，於是水就從嘴巴裡流出來……那豈不就浪費水嗎？的確，可是其他的「水龍頭」看見有哪個張開嘴打瞌睡的，就會警覺的將那個「水龍頭」叫醒（換句話說，睡覺時閉緊嘴巴的「水龍頭」，就可以一覺到醒來）。

　　有一年，有一個好舒服好舒服的夏天，暖風很溫和很溫和的吹來，剛好就讓水龍的十二個「水龍頭」同時打瞌睡！十二個「水龍頭」睡著時，全都不知不覺的張開嘴巴，妳該知道接下來發生什麼事吧？

　　同時有十二道水流，從「水龍頭」慢慢的、不斷的流出來……

那時，剛好是中午過後，森林裡的動物都午睡了，所以也沒有誰能把那一個漏水的「水龍頭」叫醒。水仍舊是一直流、一直流……，流出來的水不是被土壤吸收，就是被中午火熱的太陽蒸發。於是銀色的水龍越來越小、越來越小……

過沒多久，銀色的水龍小到只剩下一枚銀幣那麼大，再過沒多久，銀幣變得像一滴露珠那麼小。後來，水龍就消失了！

森林沒有一天不需要水分，因為水龍的失蹤，所有動物們全部收拾了行李，搬到附近另一處有水的森林去了。至於其他的森林還有沒有水龍？（或是這世界上還有沒有別的水龍？）誰知道？

不久之後，原來的森林因為缺水而變成了一個大沙漠，只剩下幾棵仙人掌還存活著。

我是一隻路過沙漠的駱駝，水龍的故事就是其中一棵仙人掌告訴我的。當我走過沙漠那時候，真是又熱又口渴，如果當時我能遇到一隻水龍，那該有多棒啊！

——原載 2001 年 7 月《毛毛蟲月刊》第 134 期

Part.13

舊鬧鐘

當一個鬧鐘，必須負責報時，絕對不能出差錯！

可是，我家偏偏就有這樣一個出錯的鬧鐘，而且，發生在最緊要的關頭！

上週六，我家附近，有一場「月亮雜耍團」的表演。這是一件大事！因為，從我出生到現在，還沒有任何一個雜耍團來我們鎮上表演過。爸爸也說，從他出生到現在，都還沒有任何一個雜耍團來這個鎮上表演過。看雜耍表演、看現場的雜耍表演，真是令我們全家既興奮又期待！

月亮雜耍團的表演預定於週六的早上九點開始，前一晚，媽媽要求大家早點睡，隔天看雜耍時比較有精神，週五晚餐一結束，大家就先後回臥室休息，媽媽說：「明天早上，我們八點起床準備，看雜耍這件大事，千萬不能遲到。」

「鈴……」鬧鐘響起，爸爸、媽媽、姐姐、妹妹、哥哥、弟弟從床上坐起來，大家都有些迷迷糊糊，沒說太多話，看看窗外，卻是一片黑暗，看看鬧鐘，鐘上指的是一點四十五分！

「什麼時間啊？還是晚上嘛！」媽媽說：「大家晚安，再睡一會吧！」每個人於是各自都鑽回被窩裡。

★舊鬧鐘★

「鈴⋯⋯」鬧鐘再次響起，弟弟、哥哥、妹妹、姐姐、媽媽、爸爸從床上坐起來，大家還是有些迷迷糊糊，沒說太多話，看看窗外，仍是一片黑暗，看看鬧鐘，鐘上指的是四點三十分！

　　「什麼時間啊？還是晚上嘛！」爸爸說：「還沒天亮，大家再睡一會吧。」每個人於是各自又躺回被窩睡覺。

　　「鈴⋯⋯」鬧鐘又再響起，爸爸、媽媽、姐姐、妹妹、哥哥、弟弟陸續從床上醒來，看看鬧鐘，鐘上指的是八點，一分也沒少。

　　「天啊！為什麼還是晚上！」弟弟首先發現，爸爸、媽媽、姐姐、妹妹、哥哥和我全都往窗外看，還是一片黑暗！

　　爸爸下床打開電視機，媽媽下床打開收音機，哥哥姐姐出門去，看看到底發生了什麼事？結果，收音機和電視機幾乎都在報導著週六鎮上的熱門新聞——月亮雜耍團表演得十分精采，創了這鎮上有史以來最多人潮的紀錄⋯⋯。哥哥姐姐從外面買回一份晚報，月亮雜耍團成功演出的消息，不可思議的登在報紙頭條！

真糟！雜耍團已經演完啦！到底出了什麼把戲？一定要查出來！

我忽然回憶起晚上響起的鬧鐘：「爸，晚上鬧鐘好像曾經響過一次？」

妹妹說：「媽，晚上鬧鐘好像響不止一次耶！」

爸爸、媽媽、姐姐、妹妹、哥哥、弟弟和我都陷入一陣安靜，大家都努力的回想「前一晚」的鬧鐘？

過了許久，弟弟小小聲的問：「會不會……會不會是鬧鐘出了什麼問題？」

「嗯……有可能！」姐姐說。

「嗯！很可能！也許是鬧鐘說謊！」哥哥大聲的說。

「等等，爸爸，我們問都沒有問鬧鐘它有沒有說謊，就懷疑它，會不會有點不公平？」好心的妹妹問道。

「不公平……」爸爸喃喃的說著，一邊走到房間裡，把鬧鐘拿到客廳的地上，要我們全家人圍成一圈：「好！我們給鬧鐘一個解釋的機會，我們問它，它有沒有說謊。」

過了好一會兒，鬧鐘一點聲音也沒回應。

靈機一動的弟弟，想到一個主意，他把鬧鐘的鬧鈴調

★ 舊鬧鐘 ★

到九點，輕聲對鬧鐘說：「好，再給你一次機會。」

　　結果，全家坐在地上圍著鬧鐘，又再等了將近半個小時，鬧鐘仍舊沒有發出任何聲音（連時間經過它該報時的九點整，它也是安安靜靜的讓秒針從數字十二揮過去）。

　　九點一過，哥哥就說：「你們看吧！鬧鐘說謊……」

　　「等等……，鬧鐘沒發出聲音，怎麼會是『說』謊？」姐姐說。

　　「嗯！也是……」弟弟附和。

　　「那麼，就是鬧鐘舊了，老舊的東西，難免會出錯。」媽媽說。

　　家裡其他的人也陸續的點頭同意。

　　「好吧！既然鬧鐘不說話，那我們來表決了。」爸爸的口氣像一位法官要做出最後的審判：「鬧鐘舊了，贊成讓鬧鐘休息的請舉左手，贊成要修理鬧鐘、要它繼續再工作的請舉右手……」

　　結果，我們家以「七比零」的票數，一致決定讓鬧鐘「退休」。於是，爸爸將那個鬧鐘放進貯藏櫃裡：「我們另外再買一個新鬧鐘吧！」

　　「鬧鐘舊了，可以換新。可是，錯過的雜耍，就再也

無法重演了！」妹妹對於錯過的月亮雜耍團，仍耿耿於懷，失望的說。

「沒關係……」媽媽拍拍妹妹的肩：「下次，有雜耍團要來表演的前一天，我們一次設定兩個鬧鐘，就不會有睡過頭的問題了。」

「不對，有雜耍團要來表演的前一天，我們那晚都不要睡覺，就不會有睡過頭的問題！」我想到一個更有效的辦法。

錯過看月亮雜耍團表演的隔一天，一早醒來，大家互相問候，竟發現，前一晚每個人都做了同樣的夢：被爸爸放進櫃子裡的那個舊鬧鐘，踮著輕盈的步伐，到每個人的耳邊道歉，並悄悄的告訴我們一個消息，月亮雜耍團雖然不會重演，可是，不久的將來，另外一個叫「太陽雜耍團」，很快的就會來到！

舊鬧鐘透露的消息是真的嗎？不是的話，怎麼大家做的夢都一樣？爸爸、媽媽、姐姐、妹妹、哥哥和我，

全家都相信舊鬧鐘所說的。

太陽雜耍團，我們全家都等著看。

——原載 2009 年 1 月 2 日《大甲時報》

Part.14

紫色八分熟

一個晴朗的秋天早晨，有一本音樂課本躺在樹下沒人理，悄悄的，一個休止符——八分熟，從課本裡溜了出來。

　　八分熟是「九塊豬排排兩排」這首歌的其中一個音符，他溜出來的時候，其他的音符都還在睡覺；他溜出來之前，順手摘了一片課本裡的紫丁香花瓣，包在身上，不想讓人知道他是休止符；他溜出來以後，肚子有點餓，於是，他努力嗅著，往有早餐味道的人家前進。

　　九點多，八分熟順著一縷炸薯條混合著荷包蛋的香味，邊走邊跳，來到了一戶人家的廚房外。他輕輕一跳，跳上了廚房的窗台，窗台內，一個小女生獨自坐在餐桌前吃早餐。

　　「嘿！請分一點給我吃！好嗎？」八分熟在窗台上喊著。

　　「你是誰？」小女生望向窗台，看見一個紫色的小點

點。

「我是休止符，我叫『八分熟』。」他回答，並向小女生微微的一鞠躬。

小女生剛起床，有點迷糊：「休止符？休止符可以吃早餐嗎？」

「我有點餓，應該可以吃吧！」八分熟說。

「好吧！如果可以的話，我就分一點給你。」小女生切了一小塊蛋白、撥了一小撮炸薯條給八分熟。

八分熟聽了很高興，彎下身子，再一跳，跳到小女生的餐盤旁邊：「謝謝……，請問你叫什麼名字？」

「阿琪。」小女生回答。

八分熟看看牆上的日曆，上面寫的是星期五，問道：「妳不用上學嗎？」

「我這幾天感冒，請假在家休息，快好了……」阿琪說，並問起眼前像芝麻那般大小的紫色八分熟：「咦？那你咧？你的工作是什麼？怎麼現在有空？」

嘴裡正嚼著蛋的八分熟，回答聲音不是很清楚：「對……不起，等……，等我把這一口吃完再告訴你。」

「我來自一首叫做『九塊豬排排兩排』的歌，自從那

首歌被作曲者寫出來之後，我的工作就是讓樂曲在進行時，要它們暫時休息一下，不管是哪一種音符，看到我都要保持安靜，不准出聲……」八分熟拿了一點薯條，繼續說：「今天天氣好，我住的音樂課本又恰好被小主人忘記帶回家，放在樹下，其他的音符還在睡覺，我就自己出來啦！」

「嗯，我有聽過！我想起來了！我們音樂老師上課也有提過休止符，我有印象！」阿琪的精神突然振奮起來：「你跑出課本，現在要做什麼事？」

「我是肚子餓，順著你早餐的味道才到你家的……」八分熟吃著薯條，一邊說：「吃飽以後再決定，我沒事可做，課本以外的世界我不熟，也不知道要去哪裡。」

「嗨！讓我想想……，那麼，我帶你去看紫河馬！」阿琪看著眼前的八分熟，想起自己也喜歡的紫色。

「好耶！紫河馬！我喜歡的顏色。」八分熟歡呼了一聲。

「可是……」阿琪好像又想起了什麼，有點煩惱。

「可是什麼？」八分熟問。

阿琪皺著眉頭：「到那個有紫河馬的爬梯湖，來回也

要一天的時間，如果我帶你去，恐怕我爸媽回家以後，找不到我。」

「這簡單，這個問題和時間有關，時間很聽我的話呢！」八分熟說，他自己是休止符，在樂譜裡學到了不少控制時間的本事，邊說著，像一隻跳蚤一樣往牆上的時鐘一跳，然後，在短針附近的鐘面，快速的蹦蹦跳跳了起來。

阿琪望著時鐘上的八分熟，百思不解：「什麼意思啊？我不懂。」

八分熟很快的跳回桌面，回答：「我在時鐘上留了很多腳印，當時針要揮過那些腳印的時候，所有的時間都會慢一點、慢一點……，總之，我們再回來的時候，保證還不到中午！」

「真的嗎？」阿琪有點不敢相信。

「對啦！相信我，我留了一千二百二十幾個腳印在上面，時間一定夠我們回來的……」八分熟吃下最後一口薯條，等不及的說：「走，帶我走，帶我去看紫河馬……」

「嗯！上來吧！我們出發。」阿琪打開手掌，讓八分熟跳進手心。

阿琪帶著八分熟到書房找出一本介紹昆蟲的圖鑑，將那本圖鑑帶回廚房。阿琪會說很多種話，她對昆蟲圖鑑說，請昆蟲圖鑑將她變成一隻水黽。

　　「上來吧！我背你。」變成水黽的阿琪對八分熟說。

　　八分熟看著阿琪，突然縮小成一隻和他差不多大小的水黽，驚訝的不知該講什麼，只有照著阿琪的招呼，跳上她的背。

　　阿琪背著八分熟，從廚房的水槽內鑽進去，迅速的溜到排水溝裡，阿琪輕鬆的在水上滑走，滑過一條條「水路」：排水溝、農田、河流、小溪……，最後，來到了爬梯湖——位在一座扇形梯田下的湖泊，梯田裡，沒種任何作物，只有不斷湧出的水，一簾一簾的往下舖展，一扇一扇的展開成瀑布，瀑布在爬梯湖上沖擊出水霧，將附近的湖面瀰漫得清清涼涼的。

　　阿琪停靠在瀑布另一邊的湖面，湖面上，遍布著飄落的楓葉，綠中帶黃、黃中帶紅……，他們仰望，附近一整片的楓樹林，在陽光的照耀下，透出一葉一葉的金黃。

　　阿琪沒帶手錶，她看看天空，估計太陽的位置，對八分熟說：「快要中午了，我們趕上了河馬出沒的時間！」

沒多久，瀑布那邊咕嚕咕嚕的冒起一陣泡泡……

「出現了！噓……」阿琪小聲說。

果然，一隻河馬，從爬梯湖邊的瀑布裡游了出來，好像瀑布內還有個山洞似的。

「我們真幸運，一來就看到了！河馬並不是每天都出現的。」阿琪壓低聲音說明，一邊在水面上慢慢的滑行：「八分熟，你仔細看河馬喔！」

湖面的那隻河馬，露出河面的頭部、背部、耳朵後面，都有紅色的分泌物，阿琪一邊滑走，一邊調整觀看河馬的角度。

後來，當阿琪他們滑移到某個角度的時候，看過去，晴朗天空的藍，映照在河馬身上……

「變成紫河馬了！好美喔……」八分熟驚訝的叫了起來。

「噓！小聲一點！別嚇跑牠。」阿琪提醒八分熟。

正巧，八分熟看到紫河馬的同一時間，有一位小朋友撿起了樹下的那本音樂課本，高興的說：「我找到了，原來在這裡。」小朋友順勢翻了一下課本，檢查課本裡有沒有什麼髒汙的……

那一瞬間，「九塊豬排排兩排」裡的音符全醒了，他們很快的發現少了一個休止符——八分熟，於是，音符們趕緊通報他們的排頭——低音譜記號（註），「太大膽了！怎麼可以偷溜出去！九塊豬排排兩排少了一個八分熟，怎麼得了⋯⋯」低音譜記號有點生氣的咕噥著，它那耳朵形狀的小勾勾，很快的從音樂課本裡射出去，像雷達一樣輕易的找到了在爬梯湖附近的八分熟，將八分熟再度勾回音樂課本。

在爬梯湖那邊，剛說完話的阿琪，聽不見八分熟的任何應答，她發現八分熟竟然從背上憑空消失！阿琪在附近找了一陣子，還是沒找到，後來，她想起一件更重要的事——回家。

阿琪趕忙沿著原來的「水路」滑行回家：爬梯湖、小溪、河流、農田、排水溝⋯⋯，當她在廚房再度變回小女生後，第一件事就是去看牆上的時鐘。

「真的還沒十點耶！八分熟跳出的這些腳印，果然可以讓時間過得慢一點！」阿琪貼近鐘面近看，她發現，並數了數，短針附近還剩八十個紫色的小點點。

「那麼，有這些突然『多』出來的時間，該做什麼好

★ 紫色八分熟 ★

呢？」阿琪像是無意間撿到一萬元似的，幻想起飛，開始

盤算起來……

——原載 2008 年 1 月 9 日《更生日報》

本文入選九歌版《九十七年童話選》

　　註：低音譜記號：「𝄢」。

童話列車・楊隆吉童話

Part.15

九層塔的傳說

Fairy Tales

有一種植物叫作「九層塔」，這是很多人都知道的事。可是有一件事，並不是每個人都曉得，那就是種九層塔能幫助人達成願望，而且是達成三個願望。這傳說，是我九年前，在台東自助旅行時，一個路邊賣九層塔的小女孩告訴我的⋯⋯

　　九年前的冬至，台東剛好是我自助旅行的最後一站。那晚，我到街上隨意逛逛，路旁，有一個賣九層塔的小女孩對我說：「先生先生，買株九層塔吧！這是最後一株九層塔了，賣完，我就可以收拾攤子，回家過冬至、吃湯圓了，好不好？」我看她衣服穿得滿單薄的，在冬至冷風呼呼的夜晚，還得在外頭賣九層塔，惻隱之心讓我一口答應：「好！我買！」

　　於是，小女孩笑著幫我將九層塔快速的包裝好，我付錢給她，她跟我說：「先生，你真是大好人，我從早上五點就搬九層塔來賣，一直都沒有人願意買，我失望極了，還以為這世界都不再有愛心人士了呢！你是第一個願意買九層塔的人。所以，關於九層塔，我再免費告訴你一個妙用，它可以幫你實現三個願望，請聽我說來：

　　「九層塔原先是一顆種子，種到土裡後，它會一層二

層三層……一直長，一直長到第八層的時候，這時可要注意了！

「每一株九層塔從第八層剛長到第九層的時候，會有一位九層小仙駕著小雲感應飛來，前來確認九層塔的層數。

「所以，你得一直注意觀察，當九層小仙來的時候，祂會走下小雲，一層一層的數那株九層塔。這時候，你可以趁機用瘭駱多空罐把祂的小雲撈起來，扣留住。這樣一來，九層小仙數完九層塔的層數的時候，祂就會急得想回去，祂會向你拜託，請你把小雲還給祂。

「你都不要答應，接下來，九層小仙就會求你說，祂會答應幫你完成三個願望，以作為還給祂小雲的條件。

「這時候，你可以許三個願望，然後再把小雲還給祂，等祂駕著小雲回去之後，你許的願望就會陸續的實現啦！」

後來，那個小女孩偷偷的告訴我，她已經是一個五十八歲的人了，是因為她許的其中一個願望是返回年輕的樣子，所以，在她上次放走九層小仙之後，她馬上就變成一

個八歲的小女孩，她還說，九層小仙會認人，一個人一生就只能被九層小仙幫一次，那小女孩叫我要好好把握，好好照顧那株九層塔，祝我心想事成。

我記得，那時我跟她買的時候，那株九層塔已經長到第三層了，只要再長五層，三加五等於八，到第八層時，我可以準備許願啦！

我把九層塔帶回家以後，每天都細心的照顧它，它也一天天的長大……一直長，第四層、第五層、第六層、第七層……

九層塔長到了七層半，快長到第八層的時候，誰知道，正巧不巧，我家養的波斯貓竟然和外頭的一隻野貓打起架來，喵喵喵喵的，戰況好不激烈！

結果，我家的波斯貓揮出了一腳，在關鍵的時候，擊中野貓的右下巴，對手應聲而倒，我正要拍手為牠喝采的時候，發現那隻野貓竟然倒在我種的九層塔上，結結實實的把九層塔壓斷了！啊……我心裡慘叫一聲，牠也同時壓斷了我原本想好的三個願望啊！那時，我腦袋瞬間成為一片灰白，哭笑不得！

可想而知，我那三個願望後來就不了了之，九層塔從那時候開始直到現在，一直

都是我心中的遺憾！

　　不過，我還是決定把這個九層塔的傳說寫下來告訴你們，我個人是不習慣私藏祕密的。希望各位朋友如果那天有機會種九層塔，一定要好好的種，尤其是長到第八層的時候，要特別觀察，準備個癢駱多空罐（一定要癢駱多的才可以哦！），然後趁機把九層小仙扣留下來，他能幫你實現三個你許的願望。

　　記得喔！要一層一層的數，特別注意在第八層的時候！

　　還有，更重要的一點，要好好的保護你種的九層塔，千萬不要讓九層塔附近有兩隻貓在打架，打架中的牠們很可能會壓壞你種的九層塔，壓碎你準備想許的三個願望的希望！

　　最後，祝你成功種出一株能為你達成願望的九層塔！加油！

——原載 2001 年 4 月《毛毛蟲月刊》第 131 期

★ 九層塔的傳說 ★

Part.16

小葉欖仁的誘惑

從前，有個聰明人，叫作小零，從小，她就很聰明，只要是老師教過的，她總是很快就學會。從她開始讀幼稚園起，她的每次考試成績都是一百分。

直到小零九歲的時候，她開始不喜歡她自己的聰明，因為她發現她的聰明為她帶來太多太多的零（每次考一百都會得到兩個零），太多太多的零讓小零覺得生活很沒樂趣，她希望生活中多一點變化，多一點好玩的東西……

有一天晚上，小零做了一個夢……

「小零小零……」小零聽見院子裡的小葉欖仁好像在叫她。

小零在睡夢中被叫醒，她迷迷糊糊的掀開棉被，走到窗戶邊，對著小葉欖仁說：「是你在叫我嗎？」

「對啊！我叫小一，就是在你院子裡的那棵小葉欖仁樹！」小葉欖仁回答。

「有什麼事啊？」小零還揉著眼睛。

「有個好消息要告訴你！」小一說。

聽到好消息，小零更加清醒：「什麼？什麼好消息？」

「你可以變笨了！怎麼樣？想不想試試看啊？」
晚風吹過，小一搖來晃去，像是藏著一件得意的寶
貝。

「真的！」小零很驚喜，因為小零太聰明了，一
點都不知道「笨」的滋味是什麼，她好想嘗試看看：
「好啊好啊！怎麼變啊？小一，快告訴我。」

「好，我告訴你，我是一棵笨樹，如果妳想變
笨，明天傍晚放學以後，你拿一本《愛麗絲夢遊仙
境》（註一）到我的身邊坐著讀，認真的讀，然後，
我就讓你變成我，而我也同時變成你，你就可以變笨
了喔！」小一簡單的向小零說明：「了解了嗎？」

「知道了！」小零很聰明，馬上就懂了，心裡很
高興，也很期待。

「好！就這樣說定了！」小一剛說完，同時……

「轟！」的一聲巨響，院子裡出現一陣大閃光！
小一突然變成了一柱綠色的大火箭……

「西勿……」不到一秒的時間，綠色大火箭就往
夜空直衝而去，消失在星空裡！

小零想追到窗外去看小一……

可是，小零卻看到一道更強的光線從窗外射進來，原來是早晨的太陽光。

小零跑到窗口去看院子裡的那棵小葉欖仁，還好端端的站在土地上。

「真的是夢耶！」小零在心裡這麼想，她把這個祕密藏在心裡，沒有告訴爸爸媽媽。

做完夢的那天，到學校後，小零她又得到英語和數學兩科一百分，她早就習慣了，當天，她做了一件平常很少做的事，就是到圖書館借書，她借了一本《愛麗絲夢遊仙境》！

小零迫不及待想放學，放學後，小零跑回家，拿著《愛麗絲夢遊仙境》到院子的小葉欖仁旁，坐下來，背靠在樹幹，她開始讀，也開始等待……

讀著讀著，當小零讀到第四十二頁的時候，她忽然覺得自己全身無法動彈，尤其是腳，緊繃得很，好像是被土埋住一樣，小零想著，她低下頭來，一看：「哇！怎麼突然長那麼高，而且……而且自己的腳真的被土埋起來了！」

小零很機警的感覺到，她已經變成一棵樹了！

小零很鎮定，也很高興，不慌不忙，她心想：「都已經是小葉欖仁樹了，就讓我好好來享受笨笨的滋味吧！」

　　於是小零用一種很輕鬆的心情，看著變成人的小一……

　　小一變成人以後，還是笨笨的。想不到，是笨笨的小一想得太美了，以為換個身體就可以換個腦袋，沒想到他告訴小零的這一招，只換了身體，腦袋並沒有換到，換句話說，變成人的小一還是笨笨的，變成小欖仁樹的小零其實還是非常聰明的。

　　小零看到坐在樹下的小一，在樹下「哇啦哇啦」的不知道在說些什麼（因為小一從來沒有使用過人類的嘴巴）？就這樣，小一就在樹下一直「哇啦哇啦」，直到傍晚天黑（因為小一也從來沒有使用過人類的腳來走路），當小零的爸媽下班回家時，看到自己的女兒坐在院子裡的小葉欖仁樹下，很著急的跑過來，擔心的叫道：「小零！小零！妳怎麼了？」

　　爸爸媽媽只見由小一變成的小零兩眼直視，動也不動（因為小一也從來沒有使用過人類的眼睛），這下子，看得爸爸媽媽好著急，以為小零中了什麼邪，喃喃唸道：

「怎麼辦？怎麼辦？」，因為平常的小零，都是聰明活潑，每天爸媽下班都會衝出門來擁抱爸媽的呀！

其實，變成小零的小一心裡也是很著急，在心裡直叫：「怎麼辦？怎麼辦？」【小一的如意算盤打錯了（他其實應該使用「如意計算機」，也許比較不會有差錯），一時間，他也不知該怎麼「當人」！】

發覺事情不對勁的小零的爸媽，馬上派救護車將「小零（真小一）」送到醫院去治療，慌忙中，仔細的媽媽把樹下的那本《愛麗絲夢遊仙境》隨手撿起來隨身帶著。

「真是怪啊！她頭腦一切正常，為什麼會變成這樣？目前是查不出來，我看，就先讓她留在醫院裡多觀察幾天好了。」檢測完小零，醫生很困惑，給了小零的爸媽一個建議。

【現在，我們將鏡頭轉到在院子裡的小葉欖仁樹（真小零）。】

小零第一次當小葉欖仁樹很興奮，覺得很容易，只要原地站著就行了。她看著爸媽送著變成人的小一上了救護車，沒多久，小零傘狀的枝椏上，飛來了五六隻麻雀，七嘴八舌的說閒話：「哎呀！小白，我告訴你，我今天看到

力力國小有一個小朋友上課在偷玩橡皮筋哦⋯⋯」「你才沒我看到的鮮呢！你知道中中路口的那家肉羹麵店吧？早上我停在電線桿發呆時，看到店長老霹挖鼻孔沒洗手，竟然直接去洗麵做肉羹湯⋯⋯嗯！真是夠麻雀的！」「哈哈哈，鮮⋯⋯鮮！老何，算你行。」小零在旁聽得心裡好開心，可是，舉著樹椏的她，動也不敢動，深怕嚇飛了麻雀，那時，她很快知道，原來當一棵樹是可以聽得懂麻雀說話！

　　麻雀有點躁動，聊沒幾句就飛走了，留下小零，獨自在涼涼的晚風中。

　　天漸漸黑了，小零看著路邊三三兩兩走過吃著零食的小朋友，讓她想到晚餐時間，她特別去感覺自己的肚子，咦？不餓耶！原來，當一棵樹是不會餓的！

　　更晚的時候，小零看著她的爸媽滿臉憂愁，慢慢的走回家，聰明的她知道，爸媽一定是從醫院回來，而那個變成自己樣子的小一，一定是被留在醫院，頑皮的小零想到這裡，不知不覺就笑了起來，她忽然發現，手臂上的小欖仁葉因為她的笑聲而掉下了幾片，那時，她很快發現，原來，當一棵樹，身上的葉子掉落時，是不痛不癢的，而且

笑聲可以讓葉子落下！

　　小零站在外面覺得有點無聊，聰明的她就開始練習笑，練習笑掉身上的小欖仁葉。她複習起學校教的九九乘法表，一邊背、一邊笑、一邊笑、一邊掉葉子，例如：小零心裡默背三乘以八，然後，小零笑了一下下，小欖仁葉就掉了二十四片。就這樣，一個晚上，小零津津有味的練習著，雖然晚上光線不是很足夠，可是小零用聽的方法來數葉子掉落的聲音有幾聲，漸漸的，小零越練越準確，直到她練習到二乘以三，她專心的聽落葉聲：「一、二、三、四……，咦？」沒聲音了！那時，她才發現她已笑光了整棵欖仁樹的小葉子！

　　隔天早上，小零的爸媽看到院子裡掉落滿地的欖仁樹葉，以為是神明顯靈，於是滿懷希望的趕到醫院，看看小零（真小一）有沒有什麼奇蹟出現！結果，小零的爸媽大失所望，病床上的小零還是呆呆的張著眼，眨也不眨一下，他們看得好難過！

　　傍晚，小零看到爸媽又沒精打采的走回家，爸拿著掃把，媽拿著畚箕，兩人沒精打采的把院子裡所有掉下來的欖仁樹葉掃成堆（足足有一個人高），再用垃圾袋裝起

來，放在牆邊。然後，沒精打采的進屋裡。

　　再來的這一晚，夜深時候，小零又覺得有點無聊，當這感覺正出現時，小零注意到，爸媽的房間裡竟然有兩團白色的泡泡，小零想去看，沒想到，她覺得身體好像可以移近似的，越來越靠近爸媽的房間，聰明的小零馬上領悟到，原來，當一棵樹可以很容易「出神」並且脫離樹的身體。小零「出神」後，往爸媽房間飛進去，飛進那兩團黏在一起的白泡泡，小零忽然知道，她鑽進去的是爸媽的「夢」，她心想，原來，當一棵樹除了可以「出神」之外，還可以進入人類的夢！

　　這領悟的一瞬間，小零突然領悟到怎麼將自己再變回人了！（小零回想著兩天來難過著急的爸媽，心裡也覺得不忍心，雖然，當一棵樹很好玩，可是兩種情況比較起來，她最後還是選擇變回人。）於是，她回憶第一次夢見小一的情景，學著在爸媽的夢裡，告訴爸媽一些事。

　　以下，就是爸媽當天晚上做的夢……

　　「爸……媽……」小零的爸媽聽見院子裡的小葉欖仁好像叫他們。

小零的爸媽在睡夢中被叫醒，他們一起掀開棉被，走到窗戶邊，對著沒有葉子的小葉欖仁樹說：「是你在叫我們嗎？」

　　「對啊！爸媽，我是小零啦！我已經變成院子裡的那棵小葉欖仁樹了！」小零回答。

　　「真的嗎？」小零的爸媽異口同聲，聲音充滿驚訝！

　　「有個好消息要告訴爸媽！」小零說。

　　聽到好消息，就有新希望，小零的爸媽驚喜的問：「什麼？什麼好消息？」

　　「我可以再變回人耶！爸媽請您們放心，我有個方法，請您們一定要幫我。」小零搖來晃去，像是賣關子似的。

　　「真的！」小零的爸媽希望聰明的寶貝女兒趕快回來，迫不及待的問：「好啊好啊！乖女兒，快告訴爸媽，該怎麼把妳變回來？」

　　「好，我告訴爸媽，請您們明天早上到醫院去，將醫院裡的那個我帶回來，然後在下午大約四點多的時候，請您們拿一本《愛麗絲夢遊仙境》，幫我翻到

四十二頁，讓我看一下，然後，我就可以變回人了喔！」小零簡單的向爸媽說明：「請問爸媽聽懂了嗎？」小零很聰明，她還記得變身效果發生的時候，她看到《愛麗絲夢遊仙境》第四十二頁。

「明白！」小零的爸媽很聰明，也很專心聽，馬上就懂了，他們很高興，也很期待隔天下午的到來。在一旁的媽媽跟爸爸說，她記得曾經把小零事發當天的那一本《愛麗絲夢遊仙境》留下來，擺在客廳的電視上。

「好！就這樣說定了！」小零剛說完，同時……

「轟！」的一聲巨響，院子裡出現一陣大閃光！小零突然變成了一柱咖啡色的大火箭……（因為小葉欖仁樹的葉子已經掉光了，只剩下樹幹的顏色。）

「西勿……」不到一秒的時間，咖啡色大火箭就往夜空直衝而去，消失在星空裡！

小零的爸媽想追到窗外去看小零……

可是，小零的爸媽卻看到一道更強的光線從窗外射進來，是早晨的太陽光。

小零的爸媽跑到窗口，看著院子裡的那棵光禿禿的小葉欖仁，還好端端的長在土地上。

「真的是夢耶！」小零的爸媽齊聲說。

小零的爸媽希望真正的小零趕快回來，火速到醫院接回那個兩眼還呆呆的「小零（真小一）」。

後來，小零的爸媽終於等到差不多放學的那個時段，將小零扶坐在小葉欖仁的樹幹旁，讓她的背靠在樹幹，爸爸幫小零把《愛麗絲夢遊仙境》翻到第四十二頁，媽媽把那本書放到小零的手上，幫小零握好，爸媽合力將小零握著書本的雙手往上抬，好讓故事書接近小零的視線，他們漸漸的將書往上抬……

上升……再上升……，當《愛麗絲夢遊仙境》正對準小零的視線的時候，小零的爸媽突然聽到小零的歡呼：「哇！爸媽，我真的回來了！」

爸媽先是嚇一跳，回過神，才發現被小零一人一臂的摟著，小零好高興，小零的爸媽好激動。

晚餐的餐桌上，小零從頭到尾、一五一十的告訴爸媽和小葉欖仁交換身體的經過，還有當樹時聽到的笑話，在一旁的爸媽聽得噴聲連連，笑聲不斷。

「我的乖女兒啊！好玩歸好玩，以後千萬別再讓爸媽擔心啊！」媽媽溫和的提醒小零。

「對！妳媽說的沒錯，我們家就妳這麼一個小聰明，別再讓爸媽擔心了，好嗎？小零。」爸爸的口氣比較認真。

小零答應爸媽，心想，雖然這次換身是個很特別的體驗，回想起來，的確也有一點冒險。

後來，爸媽還是覺得有點不放心，於是，就在家規裡再多加上一條：「不可以隨便聽小葉欖仁說的話！」

小葉欖仁呢？小一還在，爸媽還是把它留在院子裡。

在換回人的身體以後，小零陸續幾個晚上夢見小一來抱怨，抱怨小零為什麼沒把「聰明」留在人的身體，抱怨小零在變換成樹身的時候，還把他一身的樹葉都笑光光了，害他晚上睡覺的時候，覺得好冷好冷……

不過，還好小零的爸媽後來加訂了那一條家規（而且小零也是個聰明又遵守家規的乖女兒），要不然小一在很久以後的某一天晚上，他又來小零的夢裡，告訴她一些話，可能又要讓心癢癢的小零，忍不住再去嚐試另一個未知的冒險了……

後來的那晚，小一在夢中告訴小零的話是：「如果妳想變得更聰明，明天傍晚放學以後，妳拿一本《小王子》（註二）到我的身邊坐著讀，……」

——原載 2003 年 4 月《毛毛蟲月刊》第 155 期

　　註一：《愛麗絲夢遊仙境》，是一本由英國作家 Lewis Carroll 所寫的著名故事書。

　　註二：《小王子》，是一本由法國作家 Antoine de Saint-Exupry 所寫的著名故事書。

童話新樂園

◆徐錦成

──《山豬小隻：楊隆吉童話》賞析

1

中國宋朝有個偉大的人物叫岳飛，是許多運動員的偶像，因為他曾經連奪十二道金牌，奪金紀錄很難超越，史稱「岳飛障礙」。岳飛之所以能得到這麼多金牌，都是秦檜的關係。

當代台灣有個名叫楊隆吉的童話作家，作品風靡無數讀者，曾在多項文學比賽中得獎，累積獎牌超過十二道，可惜不全是金牌。楊隆吉之所以能屢獲肯定，則是勤快的緣故。

──以上的笑話或許有點冷，但應該很像楊隆吉的風格：有諧音、有典故（不見得是百分之百正確的典故），也有點無厘頭的幽默。

楊隆吉的確很勤快。我曾主編九歌版《年度童話選》三年（2003～2005），在那三年間，楊隆吉穩居台灣童話作家發表篇數的榜首。我也相信，近幾年楊隆吉的作品發表量依然名列前茅。

勤快是表象，說明楊隆吉對創作具有強大熱情。更該注意的是：大量作品證明楊隆吉的靈感泉湧不絕。一位作家寫不出稿，往往不是懶，而是沒有點子。看著楊隆吉不斷發表新作，不能不佩服他的創意眾多。

不過，寫作的勤快並未等量反映在楊隆吉的作品出版上。這本《山豬小隻：楊隆吉童話》是楊隆吉的第二本童話集，距離上一本《愛的穀粒》（新苗，2005）已有整整五年了。

2

　　九歌《年度童話選》的編選方式，是一位大人搭配兩到三位學童共同主編。我觀察得知，楊隆吉的童話在小主編之間口碑極佳。

　　小主編胡靖曾如此讚譽楊隆吉的〈π狼來了〉：「我一向喜歡楊隆吉叔叔的作品，不但創意或大綱等各種條件都幾乎找不到缺點。這一篇童話就像楊隆吉叔叔其他童話一樣，而且又有一個完美的結局，實在難以挑剔。」（《九十三年童話選》，頁205）我無法忘記胡靖談論楊隆吉時的神采飛揚，那是孩童走進一座主題遊樂園時才會有的興奮模樣。楊隆吉每篇童話都像一項遊樂設施；而一部楊隆吉童話集，就是一座童話主題遊樂園。

　　楊隆吉童話充滿趣味，這不在話下。但楊隆吉喜歡用典，卻又能讓小朋友接受，這點就難得了。讀者有一種心理，會因為自己看得懂作者的用典而喜歡作者──因為肯定作者的同時，也肯定了自己！如果讀者不懂典故，就無法有共鳴。我無意冒犯小讀者，但卻不得不說，小讀者的閱讀經驗通常較為不足；但楊隆吉懂得使用小朋友能接受的典故，並巧妙地顛覆，讓小讀者享受「看懂作者顛覆典故」的閱讀滿足感，無怪乎受到喜愛。

3

　　楊隆吉是二十一世紀的台灣童話家──這是簡單的事實陳述,也是楊隆吉極為恰當的文學史定位。

　　就時間而言,楊隆吉的狂歡與無厘頭,與上個世紀的台灣童話截然不同。黃秋芳有個理論,認為台灣兒童文學已從「教育性」、「文學性」、「兒童性」一路發展到現今的「遊戲性」。依此觀點,楊隆吉可說是「遊戲性童話」的代表性作家。他童話中濃重的遊戲性質是其他童話家──尤其前輩童話家──望塵莫及的。

　　就空間而言,楊隆吉的童話充滿台味。他喜歡用台語諧音來開玩笑(如「π狼」即是台語的「壞人」),也常使用台灣的意象(如「貢丸村」)。最經典的例子是〈虎姑婆的夢婆橋〉,安徒生被改成「安徒神」,竟把安徒生本土化了。向安徒生致敬的童話我們見多了,但沒見過這種創意!

　　所以,楊隆吉既是屬於二十一世紀的童話作家,也是屬於台灣的童話作家。

4

　　楊隆吉的瞎掰胡扯，也常令人想起相聲——當然，是單口相聲。

　　相聲是由一個個「包袱」（笑點）所組成。包袱抖得多、抖得妙，相聲就好笑。楊隆吉的長童話通常比短童話更有趣，原因大概就是長童話有較多的包袱可抖，而短童話較少吧！

　　但短也有短的長處（這句話要多念幾遍才會順！）。回到遊樂園的譬喻，我們也可把楊隆吉篇幅較短的童話（如〈黃小白到蘋果星〉、〈不對的地方〉）看作功能單純的遊樂設施。就說旋轉木馬吧！它雖然不如鬼屋、雲霄飛車那樣驚險刺激，但另有一份自得其樂的悠閒。這一點，是我特別想提醒讀者留意的。

　　無論如何，一座新的楊氏童話主題樂園已經落成。我相信，所有進來一遊的讀者都會覺得不需此行——喔，不好意思打錯字了，是「不虛此行」！

童話列車 08

山豬小隻
楊隆吉童話

著者	楊隆吉
主編	徐錦成
插圖	楊隆吉
責任編輯	鍾欣純
發行人	蔡文甫
出版發行	九歌出版社有限公司
	臺北市105八德路3段12巷57弄40號
	電話╱02-25776564・傳真╱02-25789205
	郵政劃撥╱0112295-1
九歌文學網	www.chiuko.com.tw
印刷	晨捷印製股份有限公司
法律顧問	龍躍天律師・蕭雄淋律師・董安丹律師
初版	2010（民國99）年6月10日
初版2印	2014（民國103）年7月
定價	**250元**

書號	0173008
ISBN	978-957-444-692-6

國家圖書館出版品預行編目資料

山豬小隻 : 楊隆吉童話 / 楊隆吉著. 楊隆吉圖. --
初版. -- 臺北市 : 九歌, 民99.06
　面 ; 公分. -- (童話列車 ; 8)

　ISBN 978-957-444-692-6（平裝）

859.6　　　　　　　　　　　　　99008027